图书在版编目（ＣＩＰ）数据

嘉积市丁. 下 / 王林兴著. — 青岛：中国海洋大学出版社，2024.3

ISBN 978-7-5670-3826-4

Ⅰ. ①嘉… Ⅱ. ①王… Ⅲ. ①回忆录—作品集—中国—当代 Ⅳ. ①I251

中国国家版本馆 CIP 数据核字(2024)第 069966 号

JIAJI SHI DING（XIA）
嘉 积 市 丁（下）

出版发行	中国海洋大学出版社
社　　址	青岛市香港东路23号
邮政编码	266071
出 版 人	刘文菁
网　　址	http://pub.ouc.edu.cn
电子信箱	1922305382@qq.com
订购电话	0532-82032573（传真）
责任编辑	曾科文 周佳蕊　　　　电　话　0898-31563611
印　　制	海南雅迪印刷有限公司
版　　次	2024年3月第1版
印　　次	2024年3月第1次印刷
成品尺寸	125 mm × 190 mm
印　　张	7.5
字　　数	86千
印　　数	1—3000
定　　价	60.00 元

如发现印装质量问题，请致电0898-66732388调换。

王林兴参加嘉积农中毛泽东思想宣传队留影（1967）

王林兴参加海南中学生田径队留影（1971）

积镇少年田径代表队队员合影（1970）。前排左起为吴惠敏、杨红、黄英雅、林道兰、屈燕平、卢业珍，后排左起为赵友清、文建军、王林兴、王国辉、卢家东、李学新、王兴、林书焕

嘉积中学学友留影（1971）。前排左起为林赞森、李平，后排左起为文建军、王林兴、冯推荐

琼海县中学生田径队部分队员留影（1971）。前排左起为李学新、黄英雅、陈芳莲，后排左起为陈海健、王林兴、王国辉

琼海县
加（嘉）积
中学高十连
全体同学合
影（1971）

知青友人合影留念（1976）。左起为王燕、王林兴、林丽曼、黄武

嘉积市丁在琼海县良种场留影（1972）。前排左起为李勇、罗太江、杨居正、陈选斌、林德芹、王林兴，后排左起为赵光明、张先云、杨雅国、林东海

王林兴在北京天安门留影（1980）

林才松（右）与王林兴合影（1983）

李德生将军（右）与王林兴合影（1993）

王林兴参观
湖南韶山毛泽东
同志故居留影
（1989）

嘉积（积庆）市丁合影留念 2016年11月12日

嘉积镇积庆街市丁合影（2016）

周士第将军的外孙彭宏远（右）与王林兴合影（2022）

嘉积中学同学在白石岭留影（2015）。左起为刘金胜、陈光琼、林德芹、王雄耀、王林兴、陈业琼

友人在南牛山嘉积雨松农场遗迹留影（2023）。左起为伍尚栋、王林兴、卢东平

在维礼村了解梁运侠参加革命情况时留影（2023）。左起为王林兴、梁爱华、曾宪波、梁生权、梁运琴、王宏兴

符天祥（左）与王林兴参观琼海市建筑公司承建的琼海市委、市政府办公楼留影（2023）

王林兴作品集

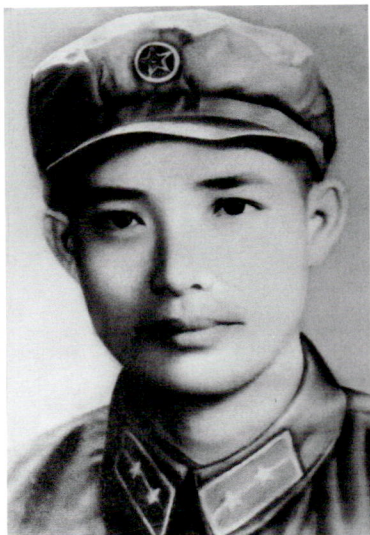

李诗永烈士像

革命烈士证明书

李诗永同志 在 革命斗争中 壮烈
牺牲，经批准为革命烈士，特发此证，以资褒扬。

中华人民共和国民政部

一九八三年 九月二十日

李诗永革命烈士证书

中华人民共和国
第五届全国人民代表大会
代表证

姓　名　王燕
性　别　女
年　龄　二十二
选举单位　广东省

第 2427 号

一九七八年二月　日

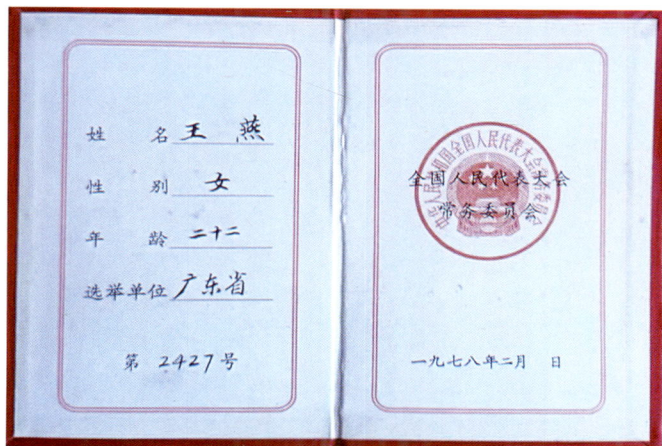

王燕的全国人大代表证

林小洪的全国
三八红旗手奖章

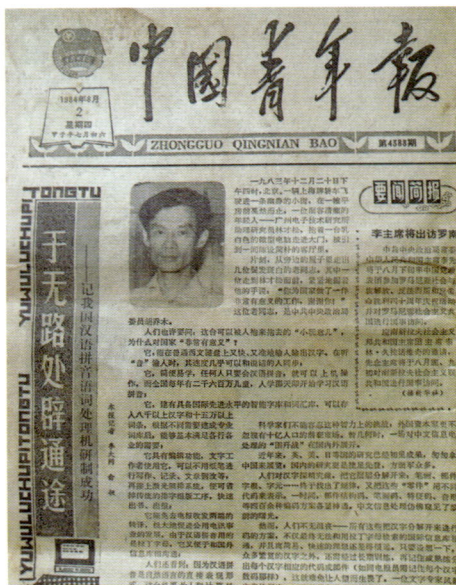

《中国青年
报》报道林才
松事迹

民国初期
修建的牧师楼
和栽种的雨树

明清时期的
溪仔街石板路

1956年建设的嘉积大桥

新民街

话 说 嘉 积
（自序）

　　琼海市嘉积镇，位于万泉河下游的牛梯山。相传宋朝有个叫"嘉积"的人，来此开铺子谋生，历经数年，遂成集市，"嘉积市"由此得名。

　　民国时期，嘉积市逐步建成 13 条街巷，其中，8 条街分别是嘉祥街、积庆街、新民街、纪纲街、元亨街、五德街、环市街、溪仔街；5 条巷（以附近单位为标记称呼）为武装部巷、收购站巷、文化宫对面巷、派出所巷、胜利旅店巷。令人难忘的是，把嘉祥街、积庆街、新民街、纪纲街、元亨街的首字连读为"嘉积新纪元"，是 1921—1924 年期间，民选县长王大鹏（1922 年加入中国共产党）"割街"（扩建街道）时命名的，寓意嘉积有美好的未来。

骑楼老街是嘉积的特色建筑，是看得见的历史。这些骑楼是 20 世纪初，嘉积人借鉴南洋建筑风格建设的。骑楼外表古拙斑驳，布满优雅细致的雕塑和洋派的装饰，具有独特风韵。骑楼下的门廊用海南话叫"门脚距"，贯通成长廊，行人逛街时可躲避烈日和风雨。夏天的晚上，人们在"门脚距"乘凉、睡觉。骑楼内部是木板结构。骑楼一般是楼上住人，楼下开店铺。大多数骑楼为2 层，最高的是 4 层的商铺陈益泰。由于陈益泰售卖冰水、"冰支"（海南方言。冰棍），嘉积人把这栋楼叫作"冰室"，可惜在"文化大革命"时它被炸毁了。骑楼老街的建筑特色，为嘉积人提供了良好的营商环境。

清末民初，嘉积市被称为"琼崖巨镇""海南第二商埠"。1930 年出版的《海南岛志》称"嘉积市为海南岛商业总汇，本岛第二市场"。民谚"东走西走，不如嘉积与海口"，表明当时的嘉积商业十分发达。民国时期，嘉积逐渐形成了四大商家"一罗二汤三李四何"，出现了三大家族"伍屋、汤屋、刘屋"。当时，嘉积店铺林立，生意兴隆。至今，老嘉积人还记得的铺号有：李益泰、陈益泰、裕源泰、陈茂泰、陈善泰、何源隆、谦和隆、顺兴隆、同德兴、华益兴、恒裕兴、恒裕昌、聚会昌、南盛昌、罗利昌、柯益记、怡合号、大盛号、新富南、怡和馆等。另外，有一些店铺以个人名字命名，如汤仲良药店、王美珍金铺、谭来旺儿科诊所、刘友善牙医诊所等。铺号不仅是称谓，是经商历史的印记；而且是一种传统文化，是诚信的象征，值得人们怀念。

方言语音是嘉积的独特标记，是听得见的历史。嘉积是百年商埠，居民来自五湖四海，做生意的人来来去去，所使用的方言有福建话、广州话、汕头话、客家话，还有英语、马来语、印尼语、泰语等外语。在长期的经商、生活过程中，嘉积人逐渐形成了自己的特色方言语音，最具代表性的是"溜"音，人们笑嘉积人"熟也溜、青也溜""去也溜、来也溜"，由此冠名嘉积人为"嘉积溜"，这在海南广为流传。此外，番薯叫"翁割"，番薯叶叫"割叶"，龙眼叫"龙海"，杨桃叫"甜长"；非常酸叫"酸巨酸巨"，非常甜叫"甜割甜割"，非常瘦叫"产京产京"，非常胖叫"肥祖肥祖"，非常黑叫"黑铁黑铁"，非常白叫"白尼白尼"；不穿衣叫"客身客尼"，不穿鞋叫"客脚客猫"；丢三落四叫"落脚落手"；翻跟斗叫"支公西"；农贸市场叫"妈漆"；等等。近年来，嘉积流行一句方言："阿狗么牛爹室婆的新部外家姑强个管婶个圆强子对岁，叫你跟阿迈去吃酒"，这句话中有 10 个人，请你数一数，体验方言的乐趣。方言是文化的载体，承载了别样的回忆。乡音不改乡愁在，我每当听到"溜"音，就感到十分亲切。

还有用方言称呼的外号，既是经济活动

的产物，也是一种人文景观。在交往中，外号给人留下深刻的印记，包含着浓浓的乡情。嘉积人的外号，绝大部分是善意的昵称，体现了人与人之间亲密的感情。人们在现实生活中，往往是根据人的生理特征、生活特性或职业特点给他人起外号，如我父亲卖过猪肉，外号叫"猪督"；饶屋卖油条，带有"土油"（煤油）味，外号叫"土油"。如今，老嘉积人记得的外号有：黑面、黑豆、半根甲、包公、怄农、金公子、牛肠、鸭央、拖牛车、闪屎、吃命、剪半包、暗鸟、爽快、天衣裤、落古、古董、九封银、米碎番椒、宰牛冲、厄耐、鸡姆、沙聋、红树、包隆、猪督、土油等。这些外号生动形象，雅俗兼备，通俗易懂，妙趣横生，令人忍俊不禁。有的家族几辈人都叫一个外号，形象实用，无与伦比，是家族的"名片"。

十年前，我把"嘉积市丁"这句方言作为书名，著书立传，影响至今。但是常有人问，"嘉积市丁"这称谓是怎么来的？《辞海》释义：丁，人口。嘉积市丁，即嘉积市人口，泛指嘉积人。在日常用语中，人们习惯把嘉积城区的小孩叫作"嘉积市丁"，久而久之，约定成俗。"嘉积市丁"这一称谓，流行于20世纪六七十年代。我在嘉积中学读书时，班主任吴坤仍老师喜欢叫我们"市丁"，叫高十连"市丁连"。至于有人说"市丁蛮""市丁精"，那是玩出来的精气神。我们小时候玩的游戏，除了传统的打玻璃子、抓石子外，还有独特的"打波""打究""打砖""举手""占柱""走捉"（海南方言）等。我们还会在积庆街上踢足球，在万泉河水中"打垫"（海南方言），在沙滩上"打马"（海南方言），在赤坡菜园里截沟"搅窟"（海南方言）捉鱼，在大年三十晚跑全市"拾炮"（海南方言）。在玩的过程中，锻炼出了嘉积市丁胆大顽皮的"蛮"（海南方言），机智灵活的"精"（海南方言）。

匆匆几十年，弹指一挥间。随着时代的变迁，"嘉积市丁"这一称谓逐渐消失了。但往事并不如烟，我想步入时光隧道，追寻那难忘的市丁岁月。蒙眬中，我看到居住过的骑楼老街，看到乡亲们熟悉的笑脸，看到嘉积人"诚信进取"的奋斗精神。

在嘉积市丁这个群体中，有的人成为时代的佼佼者，如北京大学毕业的伍时桂，成为生物流体力学科学家；华南工学院毕业的林才松，成功研制汉语拼音语词处理机（俗称拼音电脑）；经历过上山下乡的李丽花，成为党的十八大代表。更多的人是平平淡淡地生活。但是，平淡也是人生，成功或失败都是人生的精神财富。正如电视剧《三国演义》片头曲唱的：滚滚长江东逝水，浪花淘尽英雄。是非成败转头空。青山依旧在，几度夕阳红……

饮食是一种美好的回忆。嘉积人口口相传的美食有琼南的咖啡、仁园的茶品、美兴的包子，德和、美芳、岭南、全记的嘉积鸭、莲子鸡、陈皮鸡、万泉河鲤鱼、海参、鱼翅、燕窝、鲍鱼、金钱龟等，还有红树白粿、金公子"糒贡"（饭团）、光琨粥、辉记碰公粿、甜粿、归粿、意粿、印钱粿、牛麦粿、椰子粿、鸡屎藤粿仔等风味小吃。如今，嘉积鸭成为嘉积的一张亮丽名片。

每个年代的人们都有其独特的年代记忆，"嘉积市丁"的记忆，承载着老百姓的故事，记录着那个年代的嘉积历史。本书志在传承嘉积的乡土历史文化，让人们读懂嘉积，从阅读中得到乐趣和感悟。以史为鉴续春秋，建设海南自由贸易港，嘉积明天会更好。

王林兴

2023 年 10 月 1 日

目　录

读书走出人生路

自古以来，读书就是人生的主要出路。故古人云，"书中自有颜如玉""书中自有黄金屋"。特别是北宋学者汪洙在《神童诗》中的"万般皆下品，唯有读书高"，道出了古人对读书的评价，把读书入仕当作人生最高要求。也就是说，古人认为读书既可以实现"修身齐家治国平天下"的抱负，又可以考取功名，光宗耀祖。显然，这种思想是带有封建色彩的。

　　1957年，毛泽东同志指出，"我们的教育方针，应使受教育者在德育、智育、体育几方面都得到发展，成为有社会主义觉悟的有文化的劳动者"。1958年，《中共中央、国务院关于教育工作的指示》指出，"党的教育方针，是教育为无产阶级政治服务，教育与生产劳动相结合"。通俗地说，就是要使受教育者通过读书，成为有社会主义觉悟的有文化的劳动者。

嘉积镇中心小学与嘉积中学

　　1952年开始，国家在城镇推行小学义务教育，嘉积小孩获得了免费接受教育的机会，接受教育的人不断增加，提高了小学教育普及率。为了更多更快地培养学生，让其投入社会主义建设，国家进行缩短学制试验。1960年8月，嘉积镇中心小学（简称嘉积镇小）开设五年一贯制试验班。我当时6岁半，有幸成为试验班的学生。嘉积镇小历史悠久，教育条件好，为嘉积人提供了优越的学习环境。

　　嘉积镇小始建于1912年，时称关爷庙高等小学，招收高小1个班，学生45人。1924年，增设初级班，一共10个班，学生300余人。1934年，改名为县立觉民中心小学。1941年，被县伪维持会改称皇民小学，施行奴化教育。日本投降后，1946年秋，恢复名称为觉民中心小学，有学生300人。1949年，增设分校保良小学，觉民中心小学保留学生200余人。1950年秋，保良小学并入觉民中心小学，共12个班，学生700多人。1958年，西江小学、琼师附小两校并入觉民中心小学，共14个班，学生800多人。1960年，东区小学、东新小学并入觉民中心小学，且改名为嘉积镇中心小学。同时，招收五年一贯制试验班。全校有学生1300多人。

所谓五年一贯制试验班，即学制不分初小、高小，小学六年制缩短为五年制。首届试验班有4个班，约200人，符宏川、乔建平、周强（周传忠）等是我同学。我是试2班班长。在老师的启蒙教育下，我对读书产生了浓厚的兴趣，每天中午吃完饭，便到新华书店看书，下午上课前再赶去学校。那时候，书店店员是陈川品同学的母亲，只是提醒我不要把书搞乱、搞脏、搞破，我可随便从书架上找书看。三年级时，琼海县图书馆同意办借书卡，使我有机会看到很多好书，如《青春之歌》《红旗谱》《敌后武工队》《钢铁是怎样炼成的》《静静的顿河》《茫茫的大草原》。那时，学校非常重视"德"方面的教育，清明节带领我们去杨善集烈士（第一任琼崖特委书记）纪念亭，接受革命传统教育；号召学习雷锋做好事，我们便到饭店帮忙洗碗、搬柴火。虽然试验班学制缩短，但课程未减，还从三年级开始安排英语课，加上个人原因，许多同学转学、退学、留级。四年级时，试验班缩编为试1班和试4班，我是试4班班长。我虽然学习成绩不错，但在小学毕业升中考试中榜上无名，连分数也不知道。我去县教育局查询，说是安排我到石壁山区的嘉积农中读书。那时我不满12岁，家里不同意。父亲托人求情，泮水公社朝标小学同意我插班补习。翌年，我考上长坡中学，学校却不准报名，说是县教育局通知我去嘉积农中。当时，县汽车站已没有班车回嘉积，父亲和我只好挑着行李，从长坡走7个小时、21公里路回嘉积。这给我留下终生难忘的回忆。随后，我到嘉积农中读书（校址在山叶村排岭）。

"文化大革命"时期，嘉积镇小解体了。1969年秋，遵照上级关于贫下中农管理学校的指示，嘉积镇小分设新民、五七、立新3所小学，分别下放到新民、纪纲、嘉祥街坊管理。1978年，三校合并，改称嘉积镇第一小学，正式被定为县重点小学。

1969年8月，创办仅4年的嘉积农中停办，我被推荐去嘉积中学读高中。嘉积中学始建于1917年，初称琼崖东路中学；1923年，易名为广东省立第十三中学；1933年，更名为广东省立琼崖中学；1939年，日寇侵琼，被迫转移至遂溪县麻章墟，改称广东省琼崖联合中学；1942年，战火蔓延雷州，部分师生疏散至韶关曲江黄田坝，成立琼崖联合中学粤北分校（1944年秋迁至湛江市信宜县）；抗日战争胜利后，1946年春，迁回嘉积镇临时校址，恢复校名为广东省立琼崖中学并在同年冬全部迁入现在的校址；1950年5月1日，海南解放，易名为广东嘉积中学；1988年，海南建省后，更名为琼海嘉积中学。

我于1971年从嘉积中学毕业，至今已有50多年，可我未忘母校教育之恩。是学校传授我文化知识，培养我成为有信仰、有理想的共青团员，并给我许多荣誉——高十连连长、学校红代会主任、琼海县红代会副主任，使我得到很好的锻炼。我印象最深刻的是，刚开学便步行到万泉公社西岸山上砍柴，给学校食堂运回柴火；到长坡公社山牛岭搬胡椒柱，运回学校种胡椒用；到溪头码头抬石头，建设万泉河嘉积大坝；在学校里挖地道、修防空洞，防备敌人空袭等。此外，我也没有辜负学校和同学们的信任：我半夜赶到医院献血给抢救中的林明同学；在长坡搬胡椒柱时，张运君同学的手被割伤，我帮他止血并送他到医院；王雄耀同学在南门戏院巡逻时，被石头割伤了脚，我把他背到医院治疗；等等。

光阴似箭，岁月如歌。同学们回忆高十连在文娱、体育、劳动等方面的突出表现时，班主任吴坤仍老师说："此多市丁做得啊！"大家哈哈大笑！谨此，我感谢老师，感谢同学，感谢母校！

会读书的嘉积人

在嘉积，人们称赞小孩勤奋读书、成绩好时，常说"么市丁会读书"。自新中国成立后至"文化大革命"前，许多会读书的嘉积人考上大中专学校，走出了自己的人生路，给后人树立了学习的榜样。其中有一人，使我想起古人"凿壁偷光"读书的故事——西汉匡衡家里贫穷，点不起油灯，晚上不能看书，但邻居家油灯明亮。他便找到墙壁一处有破损的地方，轻轻抠了个小洞，借着透过来的一点点光线看书。凭着"凿壁偷光"读书的毅力和精神，匡衡成了西汉著名学者。从此，"凿壁偷光"被用来形容贫穷而读书刻苦的事情，激励了一代代读书人。

我想起的这个人叫张光森，五德街人，是张光美同学的哥哥。在他身上，有一段鲜为人知的"舞台借光"的读书故事。小时候，我们这伙市丁经常到琼海师范看文艺演出。有一次，我们发现有个人躲在舞台旁边的桌子底下看书。仔细一看，是张光森。这到底是怎么回事呢？原来森哥是当晚演出的舞台工作人员，别人演出时，他躲在桌子底下，借着舞台灯光看书；落幕了，他钻出来把用完的道具搬走，再把下一场演出需要的道具搬上舞台。森哥看书时全神贯注，哪怕台上锣鼓喧天、欢歌载舞，都不为之所动。我当时看到这情景，被森哥用功读书的精神所感动。后来我跟别人讲起这个故事，称之为"舞台借光"读书，是现代版的"凿壁偷光"故事。张光森这种刻苦读书的精神，值得我们学习。森哥从琼海师范毕业后，被分配到山区的南棒农场当教师。他默默无闻地工作，把青春献给山里孩子，献给祖国的教育事业。

据史料记载，"文化大革命"前考上大学的嘉积人有：

刘義传，新民街人，1930年出生，教授。1951年，考上哈尔滨医科大学医疗系。1956年大学毕业，在广州医学院从事教学与科研工作。1966年，中山医学院研究生毕业。1988年，赴美国佛罗里达州州立大学研究脑神经移植。曾任广州医学院基础部主任、生理学教研室主任兼神经科学研究室副研究员，广东省生理学会理事兼秘书长，广东省科协委员，《广州生理学通讯》副主编，广州市政协第五、第六、第七届（1981—1993）委员，对祖国的教育和医疗事业做出了一定的贡献。

陈选杰，纪纲街人，1933年出生。1955年，嘉积中学高中毕业。1959年，中山大学历史系毕业，先被分配到琼海师范学校任教，后被调到嘉积中学任教。1989年，获中学历史高级教师技术职称。1992年，被海南省人民政府评为特级教师。1987至1998年，连续当选为琼海县（市）第八、第九、第十届人大常委会副主任。

薛道明，嘉祥街人，1933年出生。1955年，嘉积中学高中毕业。1959年，毕业于华南工学院。1989年，获高级工程师技术职称。曾任海口市民用建筑设计院院长、海口市九三学社主委、海口市政协委员。

何子景，新民街人，1936年3月出生。1957年，考上中南政法学院。毕业后，当过18年中等师范学校和普通中学教员、校长，曾获得县级先进教师奖。1979年，被调入海南行政区中级人民法院，历任助理审判员、审判员、副庭长，且曾被评为海南行政区政法战线先进工作者、优秀共产党员。1983年，被破格提拔为海南行政区中级人民法院副院长。1988年8月，被任命为海口市人民法院院长。1991年3月，任海南省司法厅副厅长。

伍时桂，元亨街人，1936年10月出生，教授，生物流体力学科学家。1955年，考入北京大学。1960年，大学毕业后被分配到北京工业大学任教。

黎声武，嘉祥街人，1936年11月出生。1960年，华南农学院土化系土壤农业化学专业毕业，被分配到万宁县任中学教师。1988年，获中学化学高级教师职称。曾任万宁县教育局中学教研室副主任。

陈愿钢（陈家裕），嘉祥街人，1944年8月出生。1964年，考入华南师范学院（现为华南师范大学）地理系。1968年，到部队锻炼。1970年3月，被分配到海南行政区革委会保卫组工作。1972年10月，转入海南行政区中级人民法院，历任民事审判庭助理审判员、审判员、副庭长、庭长和审判委员会委员。同时，被全国法院干部业余法律大学广东分校聘为民法、民事诉讼法兼职教师。1988年7月，担任海南省高级人民法院审判业务组负责人和审判委员会委员、民事审判庭庭长。他多次被省直机关工委和省高级法院评为优秀共产党员、优秀党务工作者及先进工作者。1996年4月，调任三亚市中级人民法院党组书记和院长（副厅级）。1998年4月，被调回省高级人民法院，任助理巡视员和审判委员会委员。

曾传恕，嘉祥街人，1945年2月出生。1967年，华南工学院毕业，被分配到湖南省岳阳市科研部门工作。1974年，被调到海南无线电委员会工作。后在海南省电信部门工作，为处级干部。

另，据伍尚栋先生回忆，结合蔡雄、汤集强先生和李斌学弟提供的资料，当年考上大学的嘉积人还有：

伍时炳，元亨街人，1941年出生。毕业于武汉水运工程学院，被分配在广州文冲船厂工作，后任副厂长。

伍时鑫，五德街人，1945年出生。1965年考入海南师范学院，毕业后被分配到乐中农场当教师，先后任乐中农场中学校长、乐中农场教育科科长。

伍时兴，元享街人，1946年出生。1964年，考上郑州粮食学院，毕业后被分配到海南亚热带油脂研究所。

王声明，积庆街人，1946年出生。1965年，嘉积中学高中毕业，后考上广州体育学院，毕业后被分配在定安中学。

卢业贵，嘉祥街人，1946年出生。1965年，嘉积中学高中毕业，后考上中山医学院，毕业后被分配在琼海县防疫站。

蓝祖昌，嘉祥街人，1946年出生。1965年，嘉积中学高中毕业，后考上湛江医学院，毕业后被分配在琼海市第二中学。

刘良望，溪仔街人，1943年出生。1968年，海南师范专科学校（今海南师范大学）毕业。曾任琼海市职业中专副校长。

李昭天，五德街人，1940年出生。1963年，华南热作学院毕业，后被分配在东红农场。

李松，五德街人，1942年出生，高级工程师。1965年，华南工学院毕业，后被分配在海南机械厂工作。

蔡俊，元亨街人，1936年出生，高级工程师。1955年，考上中南土木建筑学院（今湖南大学）。1960年，毕业并被分配在广西综合设计院。

汤集胜，新民街人，1956年出生。英国利兹大学土木工程系毕业，学士学位。现在马来西亚经营路桥工程公司。

此外，还有一批嘉积学子考上中专、中技、师范学校：伍时芳（五德街）、赵友清（纪纲街）、陈春盛（五德街）、刘传信（新民街）、陈辉清（纪纲街）、刘会琼（嘉祥街）、黎声梅（积庆街）、陈吉琼（五德街）、李兴兰（五德街）、马业清（纪纲街）等。

受"文化大革命"影响，1966、1967、1968年的三届初、高中在校学生均于1968年毕业，人称"老三届"。我仍记得一件与

"老三届"有关的事。那是 1973 年，广州林校在林业系统对口招生。根据当时中央制定的"推荐＋文化考试"政策，海南考生集中在海南林业局考试。我当时上山下乡在琼海县白石岭林场，也报名参加这次招考。为了复习数学，我找到嘉祥街"老三届"的陈开兴兄长。我与他非亲非故，只是同为"市上人"（嘉积市人），相识而已。可他毫无推辞，热情辅导我复习，实在令我感动。后来，我在广州工作，他弟弟陈开雄等乡亲找我存放路灯，我热情帮助解决这一难题，节约了一大笔保管费。那时，大家戏称我为"嘉积驻广州接待处主任"，凡是乡亲来访，我都热情接待。话说回来，也就是在这一次全国招考工农兵学员考试中，出了"张铁生交白卷事件"，此后招生暂停了文化考试，直到 1977 年恢复高考。

工农兵学员是我国特定时期的特定产物，是我国近代教育史上的一次大尝试。

1970 年 6 月 27 日，中共中央决定在全国试行招收工农兵学员。据不完全统计，从 1970 至 1976 年，全国大中专学校共招收 7 届工农兵学员 1000 多万人，其中大学生 94 万人。

在嘉积"老三届"学生中，成为工农兵学员的有嘉祥街的庞氏兄弟：庞道炯，1967 年长坡中学初中毕业，上山下乡到琼海县良种场。1974 年被推荐到广东省机械学校读书，毕业后被分配在海南农机公司。弟弟庞道金，1967 年海南中学初中毕业后回街坊企业做工，1975 年被推荐到海南汽车技师学校读书，毕业后被分配在海南行政区政府接待处车队。

当时，成为工农兵大学生的嘉积人有罗良玉（华南工学院）、陈洪（海南师范专科学校）、余梅妹（海南医学专科学校，简称海南医专）、余居声（广东矿冶学院）、张妙茹（中山大学）、李春燕（广州外国语学院）、谭雅琴（中山医学院）、梁丰（武汉化工学院）、覃业波（南京药学院）、林熙（南京气象学院）、陈辉炎（广州体育学院）、尤仕良（华南师范学院）、吴秋霞（海南医专）、韩燕（广东药学院）韩文畴（广东矿冶学院）等。此外，有体育特长的冯琼珍、刘爱梅同学分别被海南师范专科学校和广州体育学院录取。令我惊喜的是，多年不见的冯琼珍同学得知我写书的消息后，从深圳打电话给我核实材料，怀念难忘的学生时代。有艺术专长的韩花、王芙娜、符实同学被海南琼剧学校（今海南艺术学院）录取。

1977 年，全国恢复高考后，"老三届"中的许多同学不负众望，考上大学：

林才松，嘉祥街人。1967 年，海南中学高中毕业。1977 年，考上华南工学院（今华南理工大学）。1982 年，毕业后被分配在中国科学院广州电子研究所。1984 年，成功研制汉语拼音语词处理机，为国家做出了突出贡献。

潘善甫，嘉祥街人。1966年，嘉积中学高中毕业。1977年，考上中山大学，毕业后被分配到海南亚热带油脂研究所（今海南省粮油科学研究所）。

陈开兴，嘉祥街人。1966年，嘉积中学高中毕业。1977年，考上海南医专，毕业后被分配在琼海县人民医院，后任副院长。

另外，担任民办教师的"老三届"学生林才丰、林开敏，后来分别考上海南师专和海南大学，毕业后被分配在嘉积中学。

我于1973年成为广州林校工农兵学员，1980年成为华南师范学院函授本科生，1999年成为北京大学函授研究生。我只是坚持不懈地自学，没有光鲜的学历。在嘉积与人交往时，我常说自己是嘉积农中毕业的。其实，我就是一个喜欢读书的人，一个热爱写书的嘉积市丁。

生物流体力学科学家伍时桂

伍时桂，元亨街人，1936年10月出生。1949年9月至1952年7月，在嘉积东路中学读初中。1952年9月至1955年7月，在海南华侨中学读高中。1955年9月，考入北京大学数学力学系力学专业。在5年大学学习期间，接受了大量近代科学和力学理论的教育，并受到了周培源教授、郭永怀教授和王仁教授等著名科学家的教导，这些都为他后来在流体力学及生物力学等领域的研究和发展打下了坚实的科学基础。1960年7月，从北京大学毕业后，被分配到北京工业大学任教。1978年被评为讲师，1986年被评为副教授，1991年被评为教授。他主要从事流体力学、射流技术（即流控技术）、计算流体力学、生物力学及生物医学工程等学科的教学研究和教学工作。

除了 1980 至 1983 年，曾作为访问学者在美国纽约州立大学布法罗分校，与该校理工学院院长李兆治教授合作从事心血管生物力学研究外，大部分科学研究活动都是在北京工业大学进行。在 1980 年以前，主要从事流体控制技术的研究。在该领域的研究中，对射流振荡器和射流冲击器的技术曾做出一些重大的理论贡献，获得了国际射流技术界权威专家的高度评价，被日本射流技术学会前主席野本明教授誉为具有很高造诣的中国射流技术权威。

1980 年后，他转向从事与人体科学有关的生物力学和生物医学工程研究，主要研究方向是人体心血管系统的生物流体力学及医学工程应用，迄今已在动脉血管的非线性弹性力学、非线性脉搏波在动脉内传播的理论、人体心血管功能参数的无创伤检测分析新原理和方法，以及心脏体外反搏原理等方面建立起相当重要的理论。另外，他还于

1994年以自己所建立的非线性脉搏波传播理论为基础，成功研制了采用 MHS-100 型多功能血流动力学检测分析系统的心功能诊断仪器来为心血管医学服务。他在心血管生物力学领域某些方面的研究，特别是非线性脉搏波传播理论及心血管血流动力学检测分析新原理等的研究，在国际上处于先进行列。

1978 年以来，他在《中国科学》、美国《生物力学工程学报》等国内外重要学术刊物和学术会议上发表了 60 多篇学术论文，共主持了 5 项国家自然科学基金会资助课题。他研究的"大功率水射流元件研制"项目，获得 1979 年北京科技进步奖三等奖。他与第二机械工业部等单位合作研制的射流回转冲击钻，荣获 1982 年国家发明三等奖，被推广应用。他曾与广州医疗器械厂合作开展广东省科委攻关项目——"体外反搏装置"。自 1988 年起，他担任《中国生物医学工程学报》编委。1995 年，他被国家学位委员会任命为博士生导师。

他是北京工业大学生物力学和生物医学工程学科博士点学科带头人、北京市生物力学专业委会委员、中国生物医学工程学会会员、国家自然科学基金会生物力学和生物工程专家评审组组长。他是我国有影响力的生物流体力学科学家。

说起伍时桂，不得不说一说"伍屋"家族。"伍屋"祖籍顺德大沙头村，约在清朝同治年间，伍秀南、伍秀仕两兄弟来嘉积做生意。后来，伍秀南回顺德照顾年迈的父母亲。伍秀仕一人留下创业，成为"伍屋"过琼始祖。他主要经营大米生意，经过几代人努力，打造了嘉积一条街"米行"，后改名"元亨街"，为嘉积的城镇建设做出了贡献。"伍屋"人丁兴旺，是嘉积市的大家族，经秀字辈传下文、笃、宇、时、尚、世等后代。海南解放初期，仅时字辈的男丁便达 21 人：

伍时忠、伍时文、伍时轩、伍时鑫、伍时俊、
伍时芳、伍时安、伍时宣、伍时福、伍时陆、
伍时桂、伍时炳、伍时兴、伍时伟、伍时翔、
伍时云、伍时江、伍时雄、伍时宁、伍时永、
伍亚江。

　　令人敬佩的是，1950年海南解放，随后
剿匪。为保卫海南，伍时轩于1951年报名
参军，成为嘉积最早的志愿兵之一。伍时芳，
1954年师范毕业，一直扎根乡村任教。伍时
宣，1964年从部队退伍后，响应党的号召，
与嘉积青年一道，到山区创建雨松农场。伍
时鑫，1968年大学毕业后，在山区的乐中农
场从事教育工作。伍时桂、伍时炳、伍时兴
三兄弟先后考上大学，"一门三进士"，被嘉
积人传为佳话。此外，在时字辈中，有的在
烟酒、医药、土产、地质、铁矿等部门工作，
有的经商。从"伍屋"的史料中，读者可以
读出嘉积人的经商史。

　　我和伍时桂有两面之缘。

第一次是在"文化大革命"初期。一天傍晚，有一伙学生到元亨街"伍屋"，揪斗"资本家"伍宇民。我刚好在十字路（元亨街与嘉祥街交叉路口）看大字报，便随人群去围观。只见伍时桂（时任北京工业大学助教）站在父亲伍宇民身边，跟学生争辩。突然，有学生冲过去打伍宇民，伍时桂拦不住，转身抱着父亲，用身体挡住学生的拳头。就在这时，群情激愤，有人高喊"不准打人"，众人纷纷指责打人的学生。这伙学生见势不妙，担心挨打，赶快灰溜溜地跑了。经了解，伍时桂的家庭是用自家铺面经营米业的小业主，伍宇民不是资本家。

第二次见到伍时桂是在 1994 年。伍时桂（时任北京工业大学教授）团队研制了心血管检测仪，来海南联系单位做试验。我当时在海口市乡镇企业管理局任副局长，得知消息后，请在琼海市人民医院工作的朋友王海安帮忙引荐。随后，我带领测试人员到琼海市人民医院开展试验。在测试过程中，电脑突然发生故障，我赶紧请纪纲街的"老张伯爹"（海南方言。即张新民）帮忙检修。需要说明的是，在全部试验过程中，市医院和"老张伯爹"不收任何费用。俗话说：美不美，家乡水；亲不亲，故乡人。这也是家乡人对伍时桂乡贤的一点支持和帮助吧！

回忆拼音电脑研发者林才松

　　林才松，嘉祥街人，后居住在环市街，1947年出生。他先后就读于嘉积镇小、温泉中学，1964年考上海南中学读高中。毕业时，恰逢"文化大革命"，高考取消，林才松只好回嘉祥街坊（居委会）参加劳动。后来，他与我哥（王林盛）、张新民、柯天劲、符俊等经常到黄武（"老三届"学生，后任纪纲街坊书记）哥家聊天。那时，我在嘉积中学读书，是"市丁连"连长、校红代会主任，经常带领红纠队配合工纠队值班。每当队列经过嘉祥街、新民街时，我便指挥大家唱歌、喊口令，众人瞩目，因此大家都认识我这个"市丁头"，武哥也喜欢和我"学古"（海南方言。聊天）。我上山下乡到白石岭林场时，武哥在街坊分管知青工作。我从林场回嘉积休假，也时常去拜访武哥，便与林才松成了好朋友。在广州期间，我和林才松经常往来，无所不谈，受益匪浅。在交往过程中，我觉得林才松在写字、绘画、音乐、电子、英语、口才等方面才华出众，是个难得的人才。

林才松真正出名是在20世纪70年代中期，他在琼海县首创广播线埋地下技术，既促进了广播事业的发展，又为国家节约了资金，得到有关部门的好评，全国各地的人慕名来参观学习。同时，林才松和张新民成功研制电子售米机和电子售油机，并在嘉积粮所投入使用，轰动全县，成为海南一大新闻。这项科技发明，荣获1978年广东科学大会奖。

令人惊喜的是，又细又长的广播线牵出一段姻缘佳话。当时，林才松到东太农场推广广播线埋地下技术，他的技术、口才和实干精神，深深地打动了一个女孩的芳心。她叫李冰真，在农场广播站当播音员，是广州知青，美丽端庄，家境殷实。她觉得林才松是个有知识、有才华、有抱负的青年，便大胆倾吐爱意。后来两人喜结良缘。更为神奇的是，冥冥之中，这段婚姻为林才松的求学之路铺下了奠基石。1977年，全国恢复高考，林才松报考华南工学院（现华南理工大学），可是在第一批录取中落榜了。后来，学校考虑到国家急需大量人才，决定对在广州有住宿条件的考生扩招走读生。由于李冰真家在广州市区有房子，林才松被录取为华南工学院走读生。你说这是不是天意呢！

话说回来，林才松十分珍惜这来之不易的读书机会。经过4年寒窗苦读，他终于学业有成，并在毕业后被分配到中国科学院广州电子技术研究所工作。在中国文字改革委员会周有光教授（我国著名语言文字学家、《汉语拼音方案》制定人之一）、华南理工大学徐秉铮教授和中科院广州电子所的支持和指导下，林才松于1984年6月成功研发拼音电脑。那时，林才松才37岁，大学毕业 3 年。拼音电脑能在人们输入汉语拼音后自动转换出汉字并输出。这一事迹被新华社编入《中华人民共和国大事记》。《中国青年报》以《于无路处辟通途》为题，专门报道了林才松的事迹。我把收藏了 40 年的这篇报道附在书后，以飨读者。

对于这一发明，周有光教授给予很高评价：拼音电脑是真正能同外国拼音文字电脑相比的设计，它把中文带进了信息化时代。而且，由于拼音是语音的直接反映，它还为开发下一代"语音输入"的中文电脑架好了前进的桥梁。同时，周有光教授还介绍了"拼音电脑"的技术特点：为避免同音干扰，林才松设计了利用汉语拼音的缩写法、模糊法、缺省法等快速输入方法，使汉字输出速度大大加快。为了提高储存量且不增加设备，林才松发明了汉字信息压缩还原技术，既可以实现大容量储存，又可以降低生产成本。后来，中国文字改革委员会和教育部联合举办拼音电脑击键比赛，只经过 3 天训练的选手，第一名达到每分钟输出汉字116个，按这个速度，每小时可输出近 7000 字。这说明拼音电脑是简便易用的。赛后，林才松进行"听音击键"表演，即耳听广播，手按字母键，输入拼音，电脑实现汉字输出，给人留下深刻的印象。

1985 年，林才松成立 FMB 实验室，请好友张新民到广州帮助组装拼音电脑。经过夜以继日的紧张工作，我国第一批拼音电脑组装完成。

那段时间，林才松忙于拼音电脑的推广应用。他到政府部门、商场、工厂宣传，并现场展示拼音电脑的功用，可是效果甚微。据佛山人黄志海回忆："跑断了腿，可就是没人相信。"直到 1988 年 9 月 28 日，全国首家使用拼音电脑的个体电脑打印服务部在佛山锦华路开业了。随后，一家又一家的打印店在大街小巷兴起，让林才松的科研成果在佛山得到初步推广。在嘉积，林才立打印店也应运而生。可是，由于拼音电脑的推广困难重重，林才松被迫中断了科学研究。

他创办"西雅图双语同步思维教育"培训班，用双语谱写了许多歌词。他潜心研究《道德经》，用3年时间对《道德经》全文进行翻译，编写《道经上册》《道经下册》《德经上册》《德经中册》和《德经下册》，把传授国学视为己任。

2017年1月14日，周有光先生仙逝，享年112岁。同年1月16日，林才松赋诗《梅兰竹菊》追思恩师周有光："君子所愿恰如言，是梅傲雪迎冬严，是兰雅芳早春研，是竹入云欢夏衍，是菊延年晚秋艳。"可惜的是，在周有光先生逝世39天后的2月22日，林才松于广东省广宁县在熟睡中逝世，享年70岁。

2016年8月8日，我最后一次在电话里

听到林才松的声音。2018年10月27日，我与李冰真等友人在海口聚会，大家无不怀念林才松。如今，斯人已去，乡音犹存。林才松成功研发拼音电脑，为国家做出了贡献，正如胡乔木先生对林才松所说的"你为国家做了一件非常有意义的工作"。林才松是嘉积人的骄傲，他这种为了国家利益刻苦钻研的精神，值得我们学习！

热血青春洒军营

小时候，老师问我们长大后想当什么？同学们随口而答：解放军、警察、老师、医生、工人、科学家等。在小孩的印象中，解放军是打敌人的，穿军装很威武，能得到一件军衣是很有面子的事情。后来，军人的荣誉影响了人们的择偶观念，民间流传"一军二干三工四农"，许多人把军人作为首选。

　　理想很美好，现实很骨感。军人是神圣的职业，是和奉献连在一起的。军人，不仅要战斗在残酷的战场，还要巡逻在荒无人烟的国境线，坚守在高寒酷热的边防哨所，奋战在抗洪救灾的第一线。他们远离城市的繁华，奉献了自己宝贵的青春岁月，其经历的艰苦不言而喻。因此，在青春岁月，选择了军营，就意味着奉献。

两兄弟当志愿兵

1950 年 5 月 1 日海南解放,但形势还是非常严峻。当时,潜逃到山区的国民党残兵、特务等匪徒有 1 万多人,中国人民解放军在山区开展剿匪战斗。同年 6 月,朝鲜战争爆发,美国与台湾国民党当局处心积虑要颠覆中华人民共和国,仅 1951 年和 1952 年,就先后派遣多股武装特务登陆海南岛,均被中国人民解放军和民兵击毙或俘虏。

在这种严峻的形势下,为保卫海南,嘉积新民街"刘屋"刘永杰、刘永焕两兄弟积极报名当兵。据刘晓沐、刘晓锋提供的资料:刘永杰,1931 年出生,1951 年高中毕业时报名参加志愿兵(1955 年开始实行义务兵役制),立志要参加抗美援朝战争。弟弟刘永焕,18 岁初中毕业时,受哥哥的影响,也要求入伍当兵。经过政审、体检,两兄弟被批准加入中国人民解放军，成为四十三军的志愿兵。

我查阅了资料，四十三军是一支具有光荣革命历史的英雄部队，其前身是北伐战争时期中国共产党领导的叶挺独立团。南昌起义后，叶挺独立团由朱德带领上井冈山，与毛泽东领导的秋收起义部队会师，组成工农革命军第四军，朱德任军长、毛泽东任党代表。经过20多年的战争考验，部队被改编为四十三军，成为野战军中的"老大哥"，"攻坚老虎"名不虚传。1950年，四十三军参加解放海南战役。此后，四十三军准备北上，抗美援朝。但是，随着抗美援朝战争取得节节胜利，美国为牵制中国，派第七舰队在台湾海峡威胁我国东部沿海地区。因此，四十三军不参加抗美援朝战争，留守海南。

刘永焕入伍后，被分在一二八师卫生大队当卫生员、班长。1954年退役，被安排在琼东县政府当秘书。1959年调任嘉积糖厂办公室主任，后被调到嘉积工商所工作。

刘永杰是嘉积中学高中毕业生，文化水平较高。入伍不久，便被调到一二九师当文化教员，历任连指导员、营教导员、团政治部副主任、团副政委。多次立功受奖，被誉为"雷锋式的好干部"。1979年转业，先后任海南亚热带油脂研究所所长、海南面粉加工厂厂长。他的儿子刘晓沐当兵退伍后，也被分配在面粉厂工作。

我对刘晓沐说："在海口市乡镇企业局工作时，邢谷鹰科长跟我说：'刘政委这个人很好！在部队时，他是我领导，工作非常踏实，讲话很有水平，待人和善，大家都非常敬重他，喜欢和他来往。'。"刘永杰退休回嘉积期间，居住在他姐姐的儿子黄武家里，他们家跟我家是邻居。

四兄弟光荣参军

当兵光荣的理念，在我们那个年代是家喻户晓、深入人心的。因此，我从小有着当兵的理想。1965年，美国在扩大侵越战争的同时，多次派遣飞机入侵海南岛上空，也曾被我国空军击落无人驾驶高空侦察机。记得有一天，嘉积车站边停了几辆军车，车上运的是被击落的美军飞机。我们这伙市丁听到消息，纷纷跑去看热闹。这是我第一次看到飞机。我见到美军的飞机残骸，更觉得解放军了不起，当兵光荣！

在毛泽东同志"加强防卫，巩固海南"题词的鼓舞下，海南青年积极报名参军，保卫海南，保卫祖国。但是，应征入伍并不是一件容易的事情。1971年，我上山下乡到白石岭林场，年底想报名参军，可武装部的同志说，不招知青。翌年，我又去报名参军，得到的答复是只招农村兵。后来，我去广州林校读书，从小当兵的理想，成了梦想。

五德街有一户"光荣之家"，五兄弟中有4人去当兵，在嘉积传为佳话。五兄弟除了大哥王德修当老师外，王德儒、王德仁、王德义、王德波四兄弟先后光荣应征入伍，参加中国人民解放军。他们家距离我家很近，用的水是我家的井水，我们是同饮一井水的街邻。我虽然对四兄弟当兵的故事眼见耳闻，但为了准确记录历史，专程从海口回嘉积拜访了老兵王德义。

2023年八一建军节前两天（7月29日上午），刘金胜、庞道雅同学陪我去义哥的家。当我见到义哥时，触景生情，想起往事。1975年，我去广州读书。此后几年，我回家探亲途经海口，都是麻烦在海南汽车总站工作的义哥帮我买车票回嘉积。那时候，下午回嘉积只有一班车，而广州到海口的船有时会晚点，我赶到总站时经常没有车票了。我只能等到即将开车时，义哥跟司机打招呼，安排我买站票回家。如果琼海没有班车了，义哥就会想方设法联系万宁、陵水、三亚的车，把我送上车。如果我刚下船没有吃饭，义哥便会到饭堂打饭给我吃，并安排我在他宿舍休息。在举目无亲的情况下，义哥帮助了我。滴水之恩，当涌泉相报。后来，仁哥（王德仁）冬天去湖南做生意，途经广州找我借寒衣时，我毫不犹豫地把仅有的一件卫生衣给了他。因此，我几十年后见到义哥，感激之情油然而生，情不自禁地流下了眼泪。随后，我和义哥（简称王）聊起四兄弟当兵的故事。

我："这次写《嘉积市丁（下册）》，其中一章是写海南解放后至改革开放前，嘉积人当兵的故事，还要为他们列光荣榜，让后人记住并向他们学习！鼓励人们在祖国需要的时候，积极报名参军，保卫祖国。义哥四兄弟当兵的故事，当时在嘉积影响很大，请你和我们讲一讲。"

王："全家有五兄弟，我是老四。大哥王德修当老师。二哥王德儒，1937年出生，1955年参军，先在连队当战士，后来当了卫生员。二哥有一个特长，会"喷哨"（海南方言。吹笛子），是自学成才。在连队休闲时，他经常为战友吹奏笛子。有一次，部队搞文艺汇演，二哥熟练的笛子独奏得到战友们的鼓掌和喝彩。不久，原海南军区文工团来招人，二哥考上了，被调去文工团当笛子演奏员。"

我："二哥回家探亲时，市上凡是喜欢吹笛子的人都来向他请教。二哥没有架子，耐心指导我们。我学吹笛子，是受德波影响，受二哥指导。如吹欢快的曲子，用双吐音吹才好听，但要从单吐音开始练，循序渐进，再练双吐音。练习时，舌头不能外伸，要在嘴里前后快速运动。我练了好久，终于练成了。"

王："二哥待人和善，琼海县剧团吹笛子的周启明（外号妖黑三）也来跟二哥学习。

1969 年，二哥转业到琼海县通用机械厂。"

我："仁哥是哪一年当兵的？"

王："仁哥 1943 年出生，但当兵比我晚一年，是 1964 年参军的。"

我："小时候，听说仁哥从未回家探亲？是怎么回事？"

王："仁哥当兵 4 年，没有回家探亲是真的。一是连队战备任务重，走不开。二是连队安排探亲假时，他都让给大陆的战友了。他 1968 年退伍，被分配在县通用机械厂。"

我："义哥，说说你当兵的故事吧！"

王："我是 1945 年出生的，1963 年底参军。我到部队不久，便开始了紧张的军事训练，经常比武考核。"

我："你刚好赶上 1964 年全军大训练、大比武。史料记载，1961 年，南京军区十二军军长李德生总结推广郭兴福教学训练方法，并在军区全面推广，其他军区也参照学习。1963 年，叶剑英元帅向中央军委建议全军推广。1964 年 1 月，毛泽东同志以中央军委的名义转发了叶帅的报告。同年 5 月，中央军委发出全军大比武通知。毛泽东等党和国家、军队领导人于 6 月 15 日观看了军事大比武汇报表演。大比武使部队的军事素质得到很大提高。"

王："当时训练很辛苦。除了射击、投弹、格斗，还有利用地形、地物进攻和防守，全部按实战要求训练。虽然很苦，但学到了很多军事知识。我是 1968 年与仁哥一起退伍的，被分配到海南汽车运输总公司。"

我："据《琼海县志》记载，王德波，1971 年入伍，1972 年牺牲。"

王："那时候都是冬季招兵。德波是 1970 年 12 月入伍，1971 年 1 月到部队，应算 1970 年的兵。德波跟二哥学吹笛子，吹得不错，到部队后，很受战友喜欢。他在执行看守任务时牺牲。后来，王德波被追认为革命烈士。"

说到这里，义哥突然想起有事要出门，我们三人便起身告别。我希望义哥要好好保重身体！

三烈士为国捐躯

2014 年 10 月 31 日，习近平总书记在全军政治工作会议上的讲话中强调："我们要在全社会树立崇尚荣雄、缅怀先烈的良好风尚。对为国牺牲、为民牺牲的英雄烈士，我们要永远怀念他们，给予他们极大的荣誉和敬仰，不然谁愿意为国家和人民牺牲呢？"

为寻找嘉积英烈的足迹，我查阅了《琼海县志》。我在革命烈士名录中看到环市街何子昌、五德街李诗永和王德波的名字时，心中肃然起敬。在这三位烈士中，王德波是我同学，李诗永是李诗海同学的哥哥，只有何子昌烈士的情况不清楚。于是，我发动嘉积乡亲、同学、朋友帮忙查找。

1. 寻找何子昌烈士亲属

根据何子昌烈士籍贯"环市街"这一线

索，我请原嘉祥街坊的庞道雅、陈祝宁同学查找，但查无结果。梁其兰同学知情后，叫爱人汤集强帮忙。正是"踏破铁鞋无觅处，得来全不费工夫"。原来，何子昌烈士的家在环市街与新民街之间的巷子里（文化宫对面巷），跟"汤屋"相距不远。汤集强小时候去何子昌家玩时，见过他的烈士像。烈士的弟弟何子林，曾是嘉积中学的学生。这信息令我喜出望外。为慎重其见，我叫好朋友王宏兴（何子林的亲戚）进一步确认，得知情况属实，才放下心来。

2023 年 7 月 29 日下午，在王宏兴的陪同下，我走访了何子昌烈士的弟弟何子林同学（爱人黄英茹，是音乐家黄英森的妹妹）。他是嘉积中学高 11 连的学生，喜欢篮球，是琼海县篮球队队员。我俩一见面，我便告诉他，《琼海县志》在烈士名录中记载：何子昌，男，1940 年生，嘉积环市街人。1958 年参军，1960 年牺牲。牺牲前职务是解放军班长。

随后，何子林（简称何）和我交谈起来。

我："你哥的照片和烈士证书呢？"

何："1973年那次台风，把挂在墙上的照片和烈士证书都毁了。我只记得哥哥在照片中戴船型军帽，很帅气！"

我："烈士证书背面有存根，毁了很可惜。你说一下哥哥的事迹。"

何："哥哥牺牲时，我才10岁，很多事情不知道。"

我："你哥是怎么牺牲的？"

何："听部队的同志讲，我哥是通讯班的，在一次执行任务过程中遇到突发事故，被电死的，安葬在琼中烈士陵园。"

我："你对哥哥印象最深的是什么？"

何："我哥很聪明，也很'蛮'（海南方言。调皮）。"

我："你哥能当上通讯兵，说明他有文化，也很灵活。他当兵仅2年，就当上了班长，证明他工作努力，进步很快。我希望能联系部队，了解你哥生前的事迹，以便更好地向他学习。"

何："部队每年都来慰问，我们再向部队了解一下情况。"

这次走访，虽然没有了解到太多的情况，但找到了何子昌烈士的亲人，我很高兴。因还有其他采访安排，我和王宏兴起身告别。

2. 二访李诗永烈士弟弟

《琼海县志》记载：李诗永，男，1938年生，嘉积纪纲街人。1962年参军，1969年牺牲。牺牲前职务是原海南军区卫生员。在这里，需要更正的是，李诗永烈士是五德街人，牺牲前是中尉军医。

五德街在我家对面，李诗永烈士父亲开的茶店叫"琼南茶楼"，市上人都叫他家"琼南"。他的弟弟李诗海是我在嘉积镇小和嘉积农中时的同学，经常"相邀"（海南方言。

一起）去学校。2023 年 7 月 29 日中午，杨雅国同学陪同我走访李诗海同学（简称李）。

我："咱俩人再见面，还是有缘啊。10 年前，我家里租车运木柜去海口，碰巧你也雇这辆车从海口运东西回嘉积。由于司机不识路，我带你去海口市机关幼儿园找妹妹。"

李："那次见面真是巧合。还记得小时候读书时，你经常叫我一起去学校吗？"

我："记得，还有唐林旺同学。读农中时，咱俩人也经常"相工"（海南方言。一起）去学校。因此，你家人都认识我。1973 年，我去广州读书，和符策花同学曾去拜访你大姐李诗蓉，我还记得那小男孩（李诗蓉的儿子）很可爱。"

李："大姐原来在四川国防三线工厂当工人，后来才被调回广州的。"

我："琼海县烈士名录记载，你哥 1938 年生，1962 年才参军，应该是读大学毕业后参军的，不知道是哪间大学？"

李："是在广州读中山医学院，跟海南省人民医院卢传新院长是同学。毕业时，部队来招兵，我哥便报名参军了。"

我："是直接被分配到部队医院的吗？"

李："先到连队当卫生员，然后才被调到解放军 187 医院当医生。1968 年，他被调到五指山区的一六二医院。"

我："你哥是怎么牺牲的？"

李："1969 年，我哥参加部队训练时"落河"（海南方言。溺水）牺牲。当时埋在一六二医院附近，后来请示原海南军区并获批，才迁墓回家乡。"

我："你们是军烈属，怎么会因是地主成分而被疏散到农村呢？"

李："我也不知道。1970 年，母亲带着全家人疏散到长坡公社。"

我："你父亲呢？"

李："父亲 1964 年病逝。当时，哥哥从部队回家陪护了 1 个星期。"

我："你们什么时候回城的？"

李："母亲是落实政策，提前回饮服公司的。1976年，我们兄弟姐妹作为知青回城并被分配工作，我被分在琼海县红砖厂。"

我："不对啊！那个时候还没有落实摘帽政策，你家的成分没有变，你们能回城是不是与你哥的烈士身份有关？"

李："不清楚。"

随后，我叫诗海把挂在墙上的李诗永画像和烈士证书拿下来拍照。当天晚上10点半，我突然接到诗海的电话，他说烈士证书的木框烂了，他想拆了拿去修理，结果发现证书背面有哥哥的资料。我高兴地对他说，我明天中午再去看看。

第二天中午，我再次来到诗海同学家，仔细阅读烈士证书后面的存根后，提出了自己的看法："'牺牲时间、地点、原因'一栏记录：'一九六九年上半年在保亭通什河训练溺水牺牲'。我认为，应该是部队野营拉练，经过保亭通什河时突遇山洪，山洪把正在过河的李诗永冲走，李诗永溺水牺牲。还有'批准机关、时间'一栏记录：'中国人民解放军总政治部　一九七五年二月九日'。这说明你哥虽然是 1969 年牺牲，但解放军总政治部批准你哥为革命烈士的时间是 1975 年。此外，'生前所在单位及职务'一栏写着'一六二医院军医'，烈士像上的军衔是一杠两星，你哥牺牲前应是中尉军医。"

　　我："你哥牺牲时 31 岁，结婚了吗？"

　　诗海："没有。全家有兄弟姐妹 9 人，1964 年父亲去世时，大姐李诗蓉在四川国防三线工厂，大哥李诗永在部队，二姐李诗兰在当年年底去了嘉积雨松农场。当时，母亲一人做工，"饲"（海南方言。养）6 个小孩，生活十分困难。大哥为了照顾家庭，每月都给家里寄钱补贴。母亲叫他留钱结婚，但他始终不肯结婚。"

我顿时无语，觉得实在可惜了！原住五德街的陈吉琼老师跟我讲，李诗永做外科手术很厉害，是原海南军区"第一把刀"。他建议我把李诗永烈士写进书里。这使我联想起他的同学卢传新，毕业后被分配在海南省人民医院，后来成为海南骨科专业学科带头人，被评为全国医院优秀院长，是享受政府特级津贴的优秀专家。有人说，假如李诗永不去参军……我说，当祖国需要的时候，李诗永报名参军，这正是他最可贵的品质，这种爱国主义精神值得学习！

3．回忆王德波烈士

《琼海县志》记载：王德波，男，1952年生，嘉积五德街人。1971年参军，1972年牺牲。牺牲前职务是解放军战士。但我在走访王德义时，义哥说王德波是1950年出生，1970年底应征入伍。

说起王德波，我就想起小时候的情景。那时候，每当太阳西下，市场收摊了，我们这几十个"50后"市丁，便聚集在积庆街一起玩，并传出阵阵笑声。记得有一次刮台风后，德波带着我们几个人，把一棵被风吹倒的香蕉树抬到他家。大家将香蕉树剥皮后，把树芯切片炒熟，吃得津津有味。真是饥不择食，童年有趣。

虽然王德波大我几岁，但我们却成了嘉积农中的同学，而且都是学校宣传队的。他受二哥真传，笛子吹得很好。在他的带动、指导下，宣传队的男生都学会了吹笛子，特别是汤集平同学吹得不错。我至今保存着当年那支岭南竹笛，它已伴随我近60年。写到这里，想起那时候用竹子制作笛子的情景，我情不自禁，自己动手，用降真香木又制作了1支笛子。笛子香气夺人，我爱不释手。王德波会讲故事，爱开玩笑，同学们都喜欢他。当知道我这次要写德波时，同学们回忆往事，无不惋惜，毕竟王德波牺牲时才22岁。

据义哥回忆，王德波到部队后，表现积极，经常为战友们演奏笛子，很受战友们喜欢。有一次，连队派他去看守禁闭室，没想到被关禁闭的那家伙想逃跑。他趁德波不注意，用木头重重地打在德波的后脑上，德波当场昏迷不醒。战友们发现后，赶紧将德波送往医院，德波最终因抢救无效牺牲。而那个罪犯逃到山里，被部队派兵追捕，抓到后枪毙了！

上述 3 位烈士，虽然没有什么惊天动地的事迹，但有一个共同的特点，就是忠于职守，牺牲在自己的战斗岗位上。他们是和平年代里平凡而伟大的英雄，值得人们永远怀念和学习。

应征入伍光荣榜

根据张新民、何书典等乡亲、同学、朋友提供的信息，改革开放前参加中国人民解放军的嘉积青年有：

王德儒、王德仁、王德义、王德波、王团光、王声兴、王雄、王光琼、王明芳、叶守烈、伍时轩、伍时宣、冯尔江、冯推荐、乔建平、刘永杰、刘永焕、刘晓沐、严桂新、严朝政、杨彼德、李诗永、宋统文、陈万兴、陈传珍、陈绍烈、陈德、吴建中、吴国、张新民、何子昌、何书典、林少江、欧振岸、周传忠、周时芊、赵东春、郭泽番、郭泽兴、黄民、符宏川、符俊卿、符浩光、曹湘生、曾传权、陈秋菊（女）、吴惠敏（女）、徐淑芬（女）。

在上述名单中，军龄最长的是新民街的刘永杰（28 年），1951 年入伍，1979 年转业。

其次是新民街的陈秋菊（21 年，陈丽雅同学的姐姐），1949 年出生，1966 年参加中国人民解放军，曾在部队卫生学校学习，毕业后在五指山区解放军一六二医院工作，1987 年转业。

参军时年龄最大的是纪纲街的陈绍烈，时年 50 岁，是陈辉煌、陈辉钊的父亲。1925 年生，1950 年参加工作，在琼海县公安局嘉积派出所当民警。1962 年，被调到昌江县公安局工作，后任副局长。1975 年，转入中国人民解放军边防部队，任昌江边防局局长。

还有曾 5 次立功且参加国庆阅兵仪式的何书典。1955 年出生，家住嘉积东园路五巷。1972 年嘉积中学高中毕业后，上山下乡到嘉积糖厂甘蔗场。1974 年应征入伍，历任班长、排长、连长、团参谋。1985 年自石家庄陆军指挥学院毕业后，任原海南军区司令部军务参谋。1988 年调任总政广州联络局正营级专职干事。后任海南省人民政府第六办公室副处长、原海南军区预备役师正团级预任作训科副科长。1993年，转到军办企业工作。在部队期间，被团里评为训练标兵、学雷锋标兵、优秀共产党员。先后5次荣立三等功，其中2次是在自卫反击战中。1984年，去北京参加国庆35周年天安门广场阅兵仪式。他对我说，这是他一生中最值得荣耀的事情。何书典现为海南革命史研究会副秘书长，热心宣传红色文化。

应征入伍光荣榜，是嘉积青年光荣参军、保卫祖国的历史见证，嘉积人应引以为傲。嘉积青少年要以他们为榜样，当祖国需要的时候，挺身而出，为了民族、为了国家，积极报名参军。这不仅仅是你的光荣使命和责任担当，也是为了你自己的未来。你在军队中，将会接受严格的体能训练和技术培训，感受到独特的军营氛围和生活方式，要坚定听党指挥、保家卫国的信念和信心，提高自身综合素质，使自己成长为一名真正优秀的军人，成为对国家、对人民、对社会有用的人，实现自己的人生价值和理想。正如1945年4月24日，毛泽东同志在《论联合政府》中指出："为创造中国人民的军队而奋斗，是全国人民的责任。没有一个人民的军队，便没有人民的一切。对于这个问题，切不可只发空论。"因此，应征入伍是每个公民的责任，也是每个公民的荣誉。

上山下乡先锋队

我打开尘封的历史，回忆上山下乡的艰苦岁月，感慨万分。我1971年高中毕业，上山下乡到琼海县白石岭林场，记忆中最深刻的事情是爬山。当时林场在岭上，人们进出林场要经过一段几十米长的陡坡，坡度约50度，要走"之"字路，七拐八弯的。人们平时空手走路都辛苦，有时还要挑七八十斤重担，艰苦可想而知。

　　而令我敬佩的是，1964年，嘉积青年到石壁山区创建嘉积雨松农场，成为琼海县第一批有计划、有规模上山下乡的先锋队，从此拉开了我县知识青年上山下乡运动的序幕。因此，回顾上山下乡这段历史，很有教育意义。

我知道的上山下乡

"下乡上山"这一提法，最早见于1956年1月23日，中共中央政治局讨论通过的《一九五六年到一九六七年全国农业发展纲要（草案）》，并且沿用了好多年。后来又为什么改变为"上山下乡"的提法呢？1965年，国务院副总理兼中央安置领导小组组长谭震林在工作会议上强调指出："下乡上山，上山应该是主要的，从长远看，上山发展生产的潜力很大。"他的讲话在全国各地产生了很大的影响。1967年7月9日，《人民日报》发表了题为《坚持知识青年上山下乡的正确方向》的社论。从此，在全国范围内使用"上山下乡"的提法。

其实，真正的上山下乡始于1955年。为缓解城市就业压力，1955年8月9日，杨华、李秉衡等60名北京青年向共青团北京市委提出到边疆垦荒的想法。同年 8 月 30 日，共青团中央为他们举行了盛大的欢送会。团中央书记胡耀邦在欢送会上，把北京市青年志愿垦荒队的队旗授予这批青年。随后，北京第二批、第三批青年志愿垦荒队，以及河北、山东的 2000 多名青年，也以志愿垦荒队员的身份前往黑龙江垦区。上海青年则要求去淮北开荒种粮。在北京、上海青年的影响下，1955 年底至 1956 年，浙江青年去开发新疆，广州青年去开发海南，江苏和四川青年去开发青海，从而吹响了城市青年上山下乡的号角。

1955 年 9 月至 12 月，毛泽东同志主持编辑《中国农村的社会主义高潮》一书时，看到报上发表的文章《在一个乡里进行合作化规划的经验》，该文报道了河南省郏县大李庄乡有一批高小、初中学生毕业回家参加农业合作化运动的事迹。毛主席读了很兴奋，亲笔写了该书的按语："一切可以到农村中去工作的这样的知识分子，应当高兴地到那里去。农村是一个广阔的天地，在那里是可以大有作为的。"毛泽东同志的号召激励了一代代青年人，成为推动城镇知识青年上山下乡的巨大精神动力。

1958年8月17日，中共中央政治局的《关于动员青年前往边疆和少数民族地区参加社会主义建设的决定》提出，1958年至1963年，动员内地570万青壮年前往边疆和少数民族地区。1962年6月1日，国务院全体会议通过《关于精简职工安置办法的若干规定》，要求对精简的职工，主要安置到农村，有条件的可以安置到农场、牧场、林场、渔场。从而，知识青年上山下乡有计划地展开。当年，全国城镇人口减少1048万人。

真正有组织、大规模地动员知识青年上山下乡，则是在"文化大革命"时期。1968年12月，毛泽东同志发出指示："知识青年到农村去，接受贫下中农的再教育，很有必要。"从此，上山下乡运动大规模展开了。1966、1967、1968 年三届高、初中毕业生被动员上山下乡。据统计，截至 1977 年，全国上山下乡 1400 多万人（也有人说是 1600 多万人）。《琼海县志》记载：1963 至 1979 年，全县共动员 4028 人上山下乡。没有文件宣布知识青年上山下乡运动何时结束，但 1978 年底全国知识青年上山下乡工作会议召开后，知青开始大规模返回城镇。其中，1978 年，全国回城知青 255 万人；1979 年，全国回城知青 395 万人。我认为，知青大规模回城，标志着城镇知识青年上山下乡运动结束。

创建嘉积雨松农场

在知识青年上山下乡运动中，嘉积雨松农场顺势而生，成为历史的产物。事情的经过是这样的。

1963 年，中央关于上山下乡的动员范围由原来的大中城市，放宽到县镇，开始动员县镇青年上山下乡。1963 年 7 月 9 日，周恩来总理在接见各大区安置工作领导小组组长时，提出了调整安置工作方向和改变工作重点的问题，着重指出要在今后的 15 年内动员城市青年学生下乡参加农业生产，要求各大区和省、市、自治区做长远打算，编制 15 年安置计划。1964 年 1 月 16 日，中共中央印发《中共中央、国务院〈关于动员和组织城市知识青年参加农村社会主义建设的决定（草案）〉》。巧合的是，周总理提出的 15 年安置计划的结束时间，和上山下乡运动的结束时间是基本一致的。由此可见，上山下乡是一项国策。

为落实党和国家关于知识青年上山下乡的政策，1963年8月，海南行政公署做长远打算，对琼中县和琼海县交界地进行调整，即批准将原属琼中县管辖的南通大队三个自然村及其所辖土地，划归琼海县石壁公社，创办农场。不久，中央安置办于1964年4月21日，电请各省、自治区安置办报送下乡青年建设山区的情况。为此，1964年5月5日，琼海县石壁公社五四青年农场（简称五四农场）成立，169名石壁公社青年踏上了开发南通、建设山区的征程。（1965年9月，海口、府城、嘉积等地的100多名知青，上山下乡到五四农场。"文革"时期，该场陆续分批接收知青）。与此同时，琼海县委、县政府协调石壁公社，在南牛山划出土地，由嘉积镇组织城镇青年开发山区，创办农场。

南牛山位于石壁墟东北方向，距离十几公里（1公里＝1千米）。南牛山落差100多米，山水"疑似银河落九天"，形成壮观的南牛山瀑布。不断炸开的水花迅速汇聚成溪，沿着山沟奔流不息。溪水两边有向下延伸的山脉、茂密的树林，景色宜人。当地人把这条山沟，叫作雨松沟。雨松农场因此得名。沟最宽处10米左右，最窄处约1米。沟中卧满石头，水清澈见底。山水从瀑布源头开始，奔流几公里，在南霜流入白腊沟。

令我高兴的是，同学们知道我要写雨松农场后，纷纷提供信息。

刘良新说："刘良和是第一批去雨松农场的"。

林德芹说："陈春养是第二批去雨松农场的"。

王雄耀说："我哥也是雨松农场的"。

王子红说："我哥和我姐都是雨松农场知青"。

元亨街的蔡雄先生对我说："1964 年 11 月 17 日，王尧书记、刘子才场长带队，我跟刘良和、蔡建雄等 17 人（其中 3 名女青年）作为先头部队，第一批进山建场。当天上午，我们从嘉积溪头码头出发，乘客轮逆万泉河而上，中午 1 点左右到达石壁码头，然后背着行李，拿着劳动工具，走路去南牛山。下午 4 点左右，我们到达石壁大队南霜割胶队，借用房子临时住下来。每天一早，我们要带着干粮走 1 个多小时路，途中要爬过一座山，然后在一块近水沟的较平缓的地方，劈山开路、砍树搭屋、收割茅草。连续奋战 1 个月后，我们搭建了几排茅草屋，还在水沟边挖了一口井。随后，我们从南霜割胶队搬进茅草屋，嘉积雨松农场正式成立。"需要说明的是，我曾采访过蔡雄，他的伯父蔡仲是云南讲武堂毕业的，黄埔军校教官、少将骑兵团团长，西安事变时在兰州被东北军打死。

新民街的余厚昌先生说："我是第二批去雨松农场的，时间是 1964 年 12 月 20 日，同一批去的有几十个人。此后，陆续来了几批人。人多了，我们又创办了加参、转湾分场。"

自古创业多艰难。要在山里白手起家，创办农场，其环境条件和劳动强度可想而知。但大家干劲十足，早出晚归，砍树炼山，开垦荒地，定标挖坑，种植橡胶。大家虽然手上起泡了，腰酸背痛，回到宿舍倒头就睡，但是那时候血气方刚、年轻力壮，不怕苦、不怕累，咬紧牙关都挺过来了。那里不但劳动艰辛，生活也很艰苦。粮油肉菜等生活物资，都要派人赶着牛车，走 10 多公里的山路，到石壁墟购买。如遇上台风暴雨，大家只能吃大头菜、用盐送饭、酱油拌饭。后来，嘉积镇政府送给农场 1 台手扶拖拉机，情况才有所好转。

《海南省志·人事劳动志》记载："琼

海县嘉积雨松农场 105 名下乡青年，在短短
3 个月中，开了 500 亩（1 亩≈667 平方米）
荒山，种上经济作物 200 多亩，种植 10 万
株橡胶苗。他们还白手起家，在高山峻岭上
建了 453 平方米的茅草房，并且自己动手制
作家具。知青兴建的小型锯木厂，每天收入
150 元，解决了大家的生活困难。"

为追寻嘉积青年创建雨松农场的足迹，
2023 年 7 月 30 日，由雨松农场知青卢东平
带路，我和王宏兴、伍尚栋先生一起前往南
牛山寻找雨松农场遗迹。

我们沿着橡胶园的路开车进山，过了一
条水沟不远，看到右边一片橡胶林地势较为
平缓，便下车步行 100 多米，走到一块平整
的坡地。放眼望去，橡胶树已全部更新，当
年的瓦房荡然无存。但是，我仿佛看到了当
年嘉积青年在橡胶林辛勤劳动的身影，心情
久久不能平静。

新民街的卢东平是雨松农场最后一批

知青，他说："我1977年高中毕业，上山下乡到雨松农场转湾分场。有一次轮到我当总务，赶牛车去石壁墟买米、买菜。回来时，遇上山洪，水沟涨水，变成10多米宽的河流。但我知道，当天场里已无米煮饭，如不送米回场，大家就要饿肚子。于是，我用小袋装了10多斤米，放在头顶上，蹚水过河。没想到流水很急，把我冲到下游100来米远的下游。幸好我抓住树枝爬上岸，才能赶回分场。我1980年回城，被分配到嘉积镇电池厂。"

对卢东平的壮举，我无比敬佩。他的历险记使我想起当年发生在雨松农场的尹经渊事故。尹经渊是同我一起上山下乡的尹伟渊的哥哥。大约是在1971年，尹经渊与一位场友去砍树，锯倒的大树压在山坡上一片小树林上。他俩把树木主干锯下来的时候，下半段树干突然弹起撞向尹经渊，尹经渊不幸身亡。原来，大树压倒的那片小树林上藤蔓纵横，树木主干被锯断之后，下半段树木的重量大大减轻，原本被压弯的小树木和藤蔓同时弹起，像射箭一样，把下半段树弹射起来，重重地击倒了尹经渊。如今想起来，这件事还是令人悲伤。谨以此文，悼念尹经渊先生。

我站在雨松农场遗迹，挥之不去的雨松情结涌上心头。

首先是农中情结。1965 年，我小学毕业，被通知到位于雨松农场的嘉积农中读书。因年龄小，不满 12 岁，家里不同意。但雨松农场在哪，却成了我难以忘却的心结。

其次是亲人情结。雨松农场场长刘子才是我母亲同宗四弟，我叫他"四牛爹"（海南方言。四舅）。王月花是我表姐（二姐）。农场卫生员、退伍军人伍时宣是表姐夫。此外，我还有许多同学的亲人在农场，如王子红同学的哥哥和姐姐王兴科、王慈慈，杨居正同学的姐姐杨居梅，符云开同学的哥哥符云清，崔家壮同学的哥哥崔家海，王雄耀同学的哥哥王世军。

再次是知青情结。1971年，我上山下乡到白石岭林场，经历了山上艰苦的劳动生活。

当年嘉积青年响应党的号召，上山下乡到最艰苦的山区去创业。这种"听党的话，艰苦创业"的"雨松精神"应发扬光大，他们的名字应载入史册。

雨松农场书记王尧，场长刘子才。职工：王兴科、王祚新、王宗汉、王诗赞、王世军、王爱民、王维吾、王月花、王慈慈、王子英、尹经渊、叶平、叶运美、卢业浩、冯业颜、冯学辉、冯运雄、伍时宣、伍尚妹、伍燕飞、全会养、刘良和、刘良平、刘永三、刘礼旺、汤集英、杨开经、杨启江、杨居梅、李雷、李第万、李文学、李孟琼、李春香、李第轩、李第才、李家深、李诗兰、李琼灿、吴玉梅、吴秋和、吴乾钵、何运英、余厚昌、余居光、张运开、张德兴、陈传珍、陈春养、陈治春、陈家英、周开德、罗业桂、罗业梅、罗华美、罗华玉、郭泽忠、郭泽兴、梁爱兰、黄和清、黄和英、崔家海、符忠梅、符子梅、符云清、傅佑梅、傅佑伟、傅伍兴、谢盛会、蔡雄、蔡建雄、谭南波、潘正辉、潘书芳、黎声南。

最后三批知青：

1975年：王正深、王会熙、冯琼玉、刘良花、杨燕、何深、陈海波、林道兰、林贵蓉、黎珍。

1976年：卢家梅、冯传新、朱才娥、刘小月、周凡波、黄春花。

1977年：卢东平、冯秋和、冯贤明、刘天伍、何煌春、何侠、张运良、陈玉、陈先汉、周维波、柯天标、钟李胜、符俊雷、董传杏。

我们走在知青路上

1968年12月22日，《人民日报》发表了毛泽东同志的指示："知识青年到农村去，接受贫下中农的再教育，很有必要。"随后，全国范围内掀起了上山下乡高潮。

1969年，嘉积青年陆续上山下乡。积庆街的吴林和，先是下乡到大路公社湖仔大队，几年后被招工到莺歌海盐场。新民街的余梅妹，下乡到龙江公社红星大队。她积极参加农业生产劳动，虚心接受贫下中农再教育，得到大家的好评。由于余梅妹是华侨中学"老三届"初中生，有文化，村里便推荐她当赤脚医生。她刻苦学习医疗知识，不分昼夜，热心为农民服务，深受老百姓喜欢。《海南日报》发表了长篇通讯，介绍余梅妹的先进事迹。因此，余梅妹成了知识青年上山下乡的学习榜样。那天，我和刘金胜、庞道雅同学拜访了她哥哥余居龙。经过一番交谈，他打通了余梅妹的手机，我和余梅妹兴奋地聊起了知青往事。她告诉我，1973年高考（"推荐＋文化考试"）时，她以第2名的成绩被海南医专录取，毕业被分配在海南省人民医院，后来去上海医科大学进修，退休前是妇产科主管医师。

1969年12月6日，在嘉积青年创建雨松农场5周年的时候，26位嘉积青年响应毛泽东同志号召，上山下乡到位于长坡公社的琼海县良种场。他们是王春林、王广法、王建帜、王宗和、韦莉生、刘良新、汤大军、李美、李爱芳、李炎、李勇、何贤东、何贤琼、宋统凤、张荣森、林东海、庞道炯、罗太江、赵光明、莫振壮、饶万香、黄海雄、黄恒建、黄春明、黄亚庆、颜爱英。其中，韦莉生、汤大军、李勇、赵光明、饶万香是我小学同学，刘良新、李美、林东海是我嘉积农中同学。这是继创建雨松农场之后，嘉

· 78 ·

积青年上山下乡人数最多的一次。嘉积青年创建雨松农场，成为琼海县城镇青年上山下乡先锋队；而良种场这批嘉积青年，是"文化大革命"时期琼海县知识青年上山下乡先锋队，从此，拉开了琼海县有计划、有组织上山下乡的大幕。

1971 年 11 月，我和吴清育、张先云、李清玉、符策花、吴秋霞、尹伟渊、吴昌雄、钟丽云、李琼文上山下乡到琼海县白石岭林场。此后，来白石岭林场的知青有傅承偏、陈书、林雪玲、丁春梅、吴来贵等。

林东波、林德妹、何书雅等同学上山下乡到琼海县上埇林场。后来，去上埇林场的有李平、张妙茹、黎仙、陈飞、杨寒生等。

林德芹、吴秋杏、宋统娥、王爱花同学上山下乡到白石岭下的琼海县"五七"干校。

何君雅、符丰锐、何书川、陈勇同学上山下乡到位于塔洋公社的琼海县鱼苗场。

1972 年，为了安排知识青年上山下乡，琼海县在"五七"干校附近，中原与文市公社交界处，创办嘉积糖厂甘蔗场。1972 届同学何书典、黄伯禹、苏甦、刘良雅、陈川品、冯海波、卢业雄、欧振岸、覃忠雄、周始辛、周发明、林少霞、屈燕平、陈平、李居琴等 55 名知识青年上山下乡到甘蔗场。1973 年，进场的知青有 40 人。1974 年，进场的知青有 15 人。甘蔗场 3 年合计接收上山下乡知青 110 人，成了琼海县名副其实的知青场。1977 年，嘉积糖厂甘蔗场解散。

当时，上山下乡的还有：乔建平、严朝政等去琼海县东进农场，李学新、冯推荐、李丽等去文市公社农场，韩文畴、李莉、文建军、王敏去长坡公社，尤少兰、陈爱珍、许丁坤、蔡小波等去烟塘公社，汤集兴、符雄、陈辉炎、陈辉钊、吴林琼、庞道强、李丽花等去大路公社，吴清美去石壁五四农场，妹妹王春强去新市公社，何书玉去南寨公社农场，王正春去泮水公社农场，谭雅琴、陆琼、吴庆雄、庞强等去东太农场。谭雅琴后来被推荐到中山医学院读书，毕业后被分配在海南人民医院。

此外，值得一提的是，王燕、王山、王宏兴、冯海花、杨萍、李春燕、李若琪、李夏、吴惠霞、吴金、何玲、何冠、陈辉益、林小洪、林丽曼、林赞森、符兰美、符秋、符之爱、梁清、周巨丰、蔡少妹等60多名知青上山下乡到海藻场（琼海县海水养殖场）。海藻场的三八潜水队屡创佳绩，其事迹被中央新闻纪录电影制片厂拍摄成《潜海姑娘》纪录片，三八潜水队成为全国闻名的知青先进单位。1978年，王燕（纪纲街陈辉炎的爱人）被推选为第五届全国人民代表大会代表。1979年，林小洪（五德街赵光明的爱人）被评选为全国三八红旗手。

时光一去不复返，知青的生活值得回味。如今，流行什么预制菜，使我想起当年为了解决没菜送饭的问题，知青发明的预制菜。知青回嘉积休假探亲时，都会在家里自制"椰子盐"（盐炒椰子块）、"菜头卜"（萝卜干）、"咸鱼仔"（煎干的小鱼），用玻璃罐装好带回去。这些预制菜既好送饭又好保存。白石岭林场知青采摘山上的金桔，配上辣椒盐，制成"番椒桔"，那更是送饭的好菜。如"番椒桔"加酱油，就成了上好的蘸料。令我难忘的是，有一次我们几个知青和"山猪伯爹"（海南方言）围炉，尽情享受刚捕猎到的野猪。大碗喝酒，大口吃肉，欢歌笑语，自比山中神仙，使我们忘记劳动的艰苦和生活的烦恼。

回忆上山下乡的历史，使我想起习近平总书记曾经说过："7年上山下乡的艰苦生活对我的锻炼很大。一是让我懂得了什么叫实际，什么叫实事求是，什么叫群众。二是培养了我的自信心。"[1]我觉得，经过艰苦的锻炼，吃苦耐劳精神是知青们最大的收获。

① 中央党校采访实录编辑室：《习近平的七年知青岁月》，中共中央党校出版社，2017，第 422 页。

党的十八大代表李丽花

李丽花，前进街人，1957年5月出生。1974年，嘉积中学高中毕业，上山下乡到大路公社农场。1976年，被推荐到海南卫生学校读书。1978年毕业，被分配在琼海县人民医院。1989年，被调入海南省中医院。

她从事护理工作40余年，特别是她自调入海南省中医院以来，从普普通通的中医护理工作者，一步步成长为海南中医护理学科带头人，引领了海南中医护理学专科从无到有、由弱变强，为海南中医护理学专科创建品牌、领航风向、构建体系、突出特色、发挥优势等做出了突出贡献。

40余年来，她发挥党员先锋模范作用，立足岗位，奋发进取，开拓创新，刻苦钻研，在省内率先开展优质护理和中医护理相结合的"双模"病房建设，率先推行中医特色

"医护一体化"优质护理服务模式，取得了一系列突出成绩；她推广中医护理新技术、新项目近 50 项，成功把海南省中医院中医护理学发展成为国家中医药管理局"十二五"重点专科培育项目，为海南中医护理学专科培养了大批人才，是海南中医护理事业发展的奠基人和见证者，为促进海南中医护理事业快速发展做出了杰出贡献。

李丽花是海南省中医院护理教研室主任、广州中医药大学及海南医学院护理学兼职教授、中华护理学会理事、海南省护理学会副理事长、中华中医药学会护理分会常委、海南中医药学会护理专业委员会主任委员、海南省中西医结合学会护理专业委员会主任委员、海南护理质控中心副主任、国家中医药管理局"十二五"重点专科（中医护理学）培育项目负责人等；获评"全国先进工作者""全国优秀护理部主任""巾帼建功标兵""海南省先进工作者""海南省有突出贡献的优秀专家"等；主持的 1 项科研项目获海南省科技进步二等奖；2012 年当选中国共产党第十八次全国代表大会代表。

此外，李丽花还是体育爱好者，从小喜欢打乒乓球，在嘉积很有名气。据韩文畴回忆，他和李丽花当年都是琼海县少年乒乓球队的，1972 和 1973 年参加海南区乒乓球比赛，李丽花连续 2 年获得少年女子单打冠军。当时嘉积南岛摄影室墙壁上挂着李丽花挥拍打球的大幅照片，她是少年儿童学习的榜样。

这使我想起那个时候的青少年体育活动。在毛泽东同志"发展体育运动，增强人民体质"的号召下，琼海县的群众性体育活动非常活跃。新民街的工人文化宫经常有篮球、排球、乒乓球比赛，还有体操、溜冰表演。嘉积中学体育场每天下午都有人在踢足球，并经常举行足球比赛。特别是篮球，由杨东兰、黄英茹、符德香（高十连同学）等人组成的琼海县女子篮球队，多次获得海南区篮球比赛冠军。1971年5月前后，我和1972届的龚建成同学参加海南青少年足球集训队（龚建成后来参加广东省青少年足球队）。不久，我被通知参加琼海县中学生田径队训练。我是队长，队员有李学新、王燕、黄英雅等。随后，我参加海南区中学生田径运动会，获得跨栏比赛第1名，被选入海南区中学生田径队，参加广东省中学生田径运动会。后来，我和李学新、王燕先后上山下乡。王燕成为三八潜水队副队长，还光荣当选第五届全国人大代表。

各行各业写人生

弹指一挥间，几十年过去了，当年的嘉积青年去哪了？改革开放前，嘉积人除了读书、当兵、知青回城工作外，还有大部分人根据不同时期的国家政策被招收到各行各业，谱写了不一样的人生。

中华人民共和国成立初期的就业政策，是优先解决城镇人口就业问题，因此，对当时的嘉积人来说，城镇户口是保障就业的"护身符"。1950年海南解放后，公安部门开始对城乡户口实行全面登记，并设专人管理城镇户口。1956年，琼东和乐会县民政局接管农村户口。1958年1月9日，国家颁布并施行《中华人民共和国户口登记条例》，从法律上划分了农村户口和城镇户口，并实施限制流动管理，这对当时的社会就业管理起到重要作用。

从父亲入职医院说起

我祖籍泮水（今嘉积）里邦村，父亲王大琪种过田，贩过牛，卖过猪肉，在私人诊所当过药剂工。后来，父亲成了嘉积镇卫生院职工。从父亲入职医院说起，有助于大家了解中华人民共和国成立初期国家就业政策。

1952 年，中华人民共和国政务院出台了《政务院关于劳动就业问题的决定》，要求有计划地解决中华人民共和国成立前遗留下来的城镇失业、闲散人员的就业问题。当时，琼东县和乐会县（今琼海市）人民政府经过摸底调查并登记，逐年安排就业，至1956 年，通过招工安置就业人员 2769 名，其中有大部分是嘉积人。为了使职工在相对稳定的情况下进行合理流动，劳动部门注重做好职工调配工作，互补缺位。

1956年，琼东县和乐会县有277家私营企业实行公私合营。1958年12月，琼东县、乐会县和万宁县合并为琼海县，琼海县公私合营企业全部过渡为国营企业，许多嘉积人成了国营企业职工。同年9月，健民、星联等6家中西医联合诊所和2家卫生站合并组建嘉积镇卫生院，为集体所有制医疗单位。就这样，我父亲从健民诊所雇工转为嘉积镇卫生院职工。1992年11月6日，琼海撤县设市。经过数十年的奋斗，嘉积镇卫生院逐步发展为琼海市中医院，享誉全岛。如今，在市中医院的院史展览中，保存着当初创始人的合影照，我父亲站立其中。

　　此外，随着工业的发展，嘉积人有了更多的就业门路。1951年，兴建嘉积发电厂，始有地方国营工业。1952年，改造私营民丰碾米厂为国营嘉积粮食加工厂，并先后兴建酿酒厂、通用机械厂、椰子厂、藤竹厂。1956年，国光印务社、玻璃厂被纳入地方国营工业；乐会县和琼东县 320 家手工业作坊和工场经过社会主义改造，组建生产合作社和合作小组 32 个。1957 至 1958 年，相继兴建钢铁、化工、水泥、肥料、椰丝和制糖等工厂。后来，1965 年建县食品厂，1967 年建嘉积自来水厂，1972 年建无线电厂，1981 年建罐头厂，1985 年建丝绸厂、电子厂等。

嘉积人在经济发展过程中，不断获得大量的就业机会，从而使他们的生活得到保障。

他们奋斗在岗位上

　　1969 年,国家一边继续动员城镇青年上山下乡,一边做好安置就业工作。那一年,嘉积农中毕业的宋统梅等同学被招录到东方县海南八所港务局工作。那时候,同学们觉得他们被直接招工到国企很幸运。

　　宋统梅同学回忆:"1969 年,我们 14人分 2 批被招工到海南八所港务局。9 月 21日第一批,有我与陈选斌、吴昌柳、陈培德、周良娥、陆桂书 6 人。11 月 4 日第二批,有杨居正、王国炳、符丰才、陈林兴、陈丽雅、李昭花、杨传英、郭国雅 8 人。当时,到八所港务局后,我自己成为工人阶级的一员,心里感到很光荣。穿上工作服,漫步在海边,觉得很知足。后来,吴昌柳转干入党,曾任港务局机械三中队党支部书记。"

　　1972 年,宋统梅被调去八所港务局子弟学校当老师。1985 至 1987 年，宋统梅被推荐到东方师范学校读书。毕业后不久，她被调到海口港务局子弟学校任教，曾任学校总务主任、学校党支部组织委员。

这里要告诉读者的是，腾讯创始人马化腾祖籍汕头，是八所港务局职工子弟。1984 年，他在港务局子弟学校读初二时，随父母迁至深圳。如今，马化腾事业有成，他时常对人说："我的童年时光，是在八所港度过的。我出生在海南，按照籍贯以出生地为准，我可以说是海南人。每次回到海南，都像回家一样。"宋统梅为有这样的学生感到自豪和骄傲。

与此同时，海南屯昌县羊角岭水晶矿来嘉积招工，王声菊、陈道兰、潘先雄、叶运胜等嘉积青年去水晶矿当工人。后来，潘先雄被推荐到广东地质学校读书。羊角岭水晶矿以质量好闻名于世。1942 至 1945 年，日本侵占海南时，曾对该矿进行掠夺性开采。

1953 年，国家成立羊角岭水晶矿。我岳父许家丰，就是那时被招工到水晶矿的。

令人难忘的是，虽然羊角岭水晶矿于 20 世纪 80 年代停产，但给人们留下了一段珍贵的回忆：1976 年 9 月 9 日，伟大领袖毛主席逝世。12 月 27 日，中共中央办公厅指示羊角岭水晶矿（代号 701 矿），在规定的时间内提供 10 吨一级品的熔炼水晶到北京，作为建造毛主席的水晶棺的主要材料。全矿干部职工怀着对毛主席的深厚感情，化悲痛为力量，夜以继日工作，终于在 1977 年 2 月 27 日，提前一天完成任务，被上级有关部门授予奖状与奖章。

此外，小学同学余居声参加国防"三线"建设，被招工到位于五指山区的琼中机城厂。后来，他被推荐到广东矿冶学院（现广东工业大学）读书。

留在嘉积务工的嘉积农中同学中：全会新同学当上了东宫饭店（原工农兵饭店）经

理。梁其兰同学任县中旅社西园餐厅经理。陈祝宁同学在县玻璃厂幼儿园当园长时，多次被评为县优秀教师，并参加海南总工会组织的幼师参观团，赴北京参观学习。

根据伍尚栋等乡亲提供的资料，曾担任企业厂长、经理的嘉积人有：

黄关熙，纪纲街人，琼海县汽车修理厂厂长。

卢家南，新民街人，琼海县五金厂厂长。

刘良和，溪仔街人，琼海县玻璃厂厂长、丝绸厂副厂长。

刘良维，溪仔街人，琼海县涤纶厂副厂长。

陈家炳，纪纲街人，琼海县皮革厂厂长。

符天祥，嘉祥街人，琼海县建筑公司副经理。

钟雄，五德街人，琼海县服装厂厂长。

符云开，溪仔街人，琼海县农机公司副经理。

刘海菊，女，嘉祥街人，琼海县玻璃厂副厂长、印刷厂副厂长

伍尚栋，纪纲街人，琼海县农具厂厂长、手工业联社副主任、五金厂厂长、罐头厂副厂长、红砖厂厂长。

罗良玉，女，环市街人，海南化纤厂副厂长。

伍时炳，元亨街人，广州文冲船厂副厂长。

陈万兴，溪仔街人，中国南方航空集团有限公司海南公司副总经理。

高十连毕业分配情况

嘉积中学 1971 届毕业班有高十连、高十一连。当时学习解放军，学校把"班"改为"连"。那时上级要求每个公社都要办中学，原来没有中学的公社创办农业中学，就地招生。因此，当时嘉积中学只招收嘉积地区的学生共 2 个连 100 余人。高十连原有 54 人，陈海健同学随父母工作调动去了万宁县，徐淑芬同学应征入伍，毕业时实有 52 人。其中，属城镇户口（非农业户口）的 37 人，由县里分配工作，具体情况如下：

冯文学，海南拖拉机二厂。

何运荣（女），海南拖拉机二厂。

邢福海，琼海县邮电局。

刘金胜，琼海县邮电局。

陈业琼，琼海县邮电局。

张运君，琼海县邮电局。

严桂才，琼海县邮电局。

罗良文，琼海县邮电局。

潘先武，琼海县邮电局。

陈朝文（女），琼海县人民医院。

覃业波（女），琼海县人民医院。

傅玉美（女），琼海县人民医院。

钟雄，琼海县服装厂。

陈纪检，琼海县服装厂。

陈光琼，琼海县农具厂。

张光美（女），琼海县农具厂。

梁丰，琼海县农具厂。

王亚美（女），琼海县饮服公司理发店。

陈爱兰（女），琼海县饮服公司理发店。

陈春林，琼海县饮服公司理发店。

陈吉雅（女），琼海县饮服公司理发店。

杨雅国，琼海县饮服公司理发店。

黎炎光，琼海县饮服公司理发店。

林德芹，琼海县"五七"干校。

吴秋杏（女），琼海县"五七"干校。

王爱花（女），琼海县"五七"干校。

宋统娥（女），琼海县"五七"干校。

何君雅，琼海县鱼苗场。

林东波，琼海县上埇林场。

林德妹（女），琼海县上埇林场。

王林兴，琼海县白石岭林场。

吴清育，琼海县白石岭林场。

张先云，琼海县白石岭林场。

李清玉（女），琼海县白石岭林场。

符策花（女），琼海县白石岭林场。

此外，王子红、庞道雅同学原计划被分配到琼海县"五七"干校，但由于她俩的哥哥、姐姐已上山下乡，故在家等待重新分配。综上所述，可以看到那时候高中毕业生是由国家分配工作的。当时有活干、有饭吃，人们就知足了。

后来，留城工作的覃业波同学被推荐到南京药学院读书，梁丰同学去武汉化工学院读书，张运君同学去广东邮电学校读书。经过努力工作，钟雄同学成了琼海县服装厂厂长，陈业琼同学任定安县邮政银行行长，邢福海同学先后任琼海市副市长、琼海市委常委，王子红（王曙鸿）同学为省直机关处级干部。上山下乡到林场的吴清育、林东波、符策花同学和我，去广州林校读书。我留在广州学习、工作15年。1988年海南建省办经济特区，我随"十万人才过海南"，被调到省委组织部研究室工作，退休前为海口市处级干部。李清玉同学去琼海县卫生学校读书。回乡务农的崔家壮同学，后来当上了嘉积镇文坡大队书记并创办企业，曾评为"全国乡镇企业家"。

　　有趣的是，退休后同学聚会，有的同学说我原来被分配在县邮电局；有的同学看见我的名字在海南拖拉机二厂。我说，我家庭成分是中农，可能政审不合格；也可能因为我是学生干部，组织认为我应该带头上山下乡吧！

积庆街就业人员统计

　　积庆街紧接东门市场（现嘉积中心市场），是一条商业繁华的老街，长70米，宽10米。街上住着16户人家，其中饶氏家族有4户。20世纪70年代符合就业年龄的有48人（不含租房户郑茂炳），他们的就业情况如下：

　　王声梅（女），被招工到琼海县饮服公司。

　　王声明，嘉积中学1965届高中毕业生，考上广州体育学院，毕业后被分配到定安中学任教。

　　王声兴，部队退伍，被分配到琼海县五金商店。

　　王声菊（女），被招工到海南屯昌羊角岭水晶矿。

　　王声强（女），嘉积中学1970届高中毕业生，被分配到琼海县饮服公司。

黎声梅（女），1968年毕业于海南商业学校，被分配到东方县商业系统。

黎声南（女），上山下乡到嘉积镇雨松农场，后病休。

黎炎光，嘉积中学1971届高中毕业生，被分配到琼海县饮服公司理发店。

黎红英（女），嘉积中学1973届高中毕业生，上山下乡，被分配到琼海县橡胶厂。

王春蓉（女），嘉积中学1966届初中毕业生，被招工到琼海县食品厂。

王林盛，温泉中学1967届初中毕业生，先后参加琼中县国防"三线"建设，回街坊蔬菜队工作，被招工到二轻工厂，被转调琼海县劳动服务公司。

王林兴，嘉积中学1971届高中毕业生，上山下乡，到广州林校读书，毕业后被分配在广东省林业厅。

王春强（女），嘉积中学1973届高中毕业生，上山下乡，被分配到海南石碌铁矿。

符会蓉（女），被安排在嘉积镇经济场。

符会清，被安排在嘉积镇调配站。

陈道美（女），被安排在嘉积镇汽车修理厂。

陈道兰（女），被招工到海南屯昌羊角岭水晶矿。

陈道蓉（女），在嘉积镇做散工。

陈道南，被招工到琼海县合作商店。

郭春娥（女），被招工到琼海县食品厂。

郭振良，被招工到琼海县饮服公司。

郭石福，嘉积中学1973届高中毕业生，上山下乡，被分配到琼海县汽车站。

郭国雅（女），被招工到海南八所港务局。

郭永丰，被招工到琼海县建筑公司。

饶万光，在纪纲街坊蔬菜队工作。

饶万江，在嘉积镇修理钟表，后去香港谋生。

饶万盛，被招工到琼海县发电厂。

饶万銮（女），在嘉积镇做散工。

饶万波，被招工到琼海县饮服公司。

饶万兴，被招工到琼海县饮服公司。

饶万强（女），被招工到琼海县饮服公司理发店。

饶万壮，嘉积中学 1972 届高中毕业生，上山下乡，后就读于海南农机学校，被分配到海南拖拉机二厂。

饶万香（女），上山下乡到琼海县良种场，后分配到海南区第三招待所。

饶万忠，嘉积中学 1973 届高中毕业生，上山下乡，被分配到琼海县饮服公司。

饶世洲，嘉积中学 1973 届高中毕业生，上山下乡，被分配到海南钢铁厂。

庞强，上山下乡，被分配到琼海县农具厂。

陈辉奉，嘉积中学 1973 届高中毕业生，上山下乡，被分配到琼海县供销社商店。

陈辉昌，被分配（接班）当小学老师。

陈辉雅（女），被招工到琼海县食品厂。

陈辉淑（女），嘉积中学 1974 届高中毕业生，上山下乡，被分配到琼海县供销社商店。

陈辉坚，嘉积中学 1975 届高中毕业生，上山下乡，被分配（接班）当小学老师。

吴林和，上山下乡，被分配到海南莺歌海盐场。

吴林胜，被招工到琼海县五金厂。

吴林琼，嘉积中学 1973 届高中毕业生，上山下乡，被分配到海南莺歌海盐场。

陈俊雄，在嘉积镇做散工。

陈俊标，在嘉积镇做散工。

陈海波，嘉积中学 1973 届高中毕业生，上山下乡，被分配到琼海县供销社商店。

陈俊强（女），嘉积中学 1974 届高中毕业生，上山下乡，被分配到琼海县供销社商店。

综上所述，一条街就是一个小社会，其就业情况在一定程度上反映了当时的社会就业状况，值得人们回忆和思考。1973 年台风后，积庆街人大部分异地搬迁。我退休后，每年都召集大家聚一聚，回忆当年积庆街的快乐时光。

自学成才的伍尚栋

　　伍尚栋，纪纲街人，1946 年 11 月出生。原是琼海县工业企业的厂长，现为琼海市武术协会第三届委员会技术顾问。他的爱人卢坚英，与我姐姐是琼海县食品厂的工友。所以，伍尚栋是我尊敬的兄长。当他得知我要写嘉积的历史，记录嘉积的人与事时，非常热心地为我提供有关资料。特别是他不顾年龄大，周日陪我去石壁南牛山寻找嘉积雨松农场遗迹，实在令人感动。一路上，我俩相谈甚欢，使我对伍尚栋有了初步了解。

　　1965 年 9 月，伍尚栋从嘉积中学高中毕业后，被分配到琼海县农具厂当车床工。他虚心请教老工人、老师傅，认真学习《机械制图》《车床工艺学》《金属切削工艺学》等专业书籍，在实践中勤学苦干，车工技术有了很大的提高，很快成为厂里的技术骨干。

1972 年，琼海县要维修 500 马力（1 马力＝735.499 瓦）柴油发电机组，仅是 2 级工的伍尚栋被抽调参加 3 人攻关小组，经过 2 个月的艰苦奋战，按质完成了特大部件的加工任务，这也使他的技术得到进一步提高。

1973 年，伍尚栋担任农具厂金工车间主任。他深感责任重大，更加刻苦地学习专业理论，钻研新工艺、新技术。他大胆将旧皮带机床改装为齿轮机床，积极试产 F165、190 柴油机等产品，使车间的加工能力不断提高。同时，他多次为琼海县糖厂、琼海县水泥厂、嘉积水电站等单位加工许多特大、特难的零部件，成为县里勇挑重担、敢啃硬骨头的典型，他所在的金工车间连续几年被评为琼海县的先进集体。

此后，伍尚栋于 1976 年任农具厂技术员，1980 年初任主管生产技术副厂长，1984 年任厂长。当时，农具厂在职工人 110 人，退休职工约 30 人。伍尚栋担任农具厂领导期间，坚持以科技为先导，大力研发新工艺，开发新产品，主持了各种型号的脱粒机改型和设计工作，研制了各种规格、型号的锯木机、磨锯机、木工多用刨、方孔钻床等木工机械，特别是 MT800 全套移动式带锯机，远销岛内外，使农具厂取得了较好的经济效益，成为海南区二轻系统唯一保持年年增产、增收的机械工厂，连续多年评为琼海县、海南"二轻系统先进集体"和海南区"'两个文明'先进集体"。1977、1978 年，伍尚栋连续 2 年被评为"琼海县工业学大庆标兵"，并多次评为"优秀党员"。1980 至 1984 年，伍尚栋被选为琼海县第六届人大代表、政协琼海县第四届委员会委员。1987 年，伍尚栋调任琼海县手工业联社副主任，兼任琼海县五金厂厂长。1990 年，伍尚栋调任琼海县罐头厂副厂长。1993 年，伍尚栋调任琼海县红砖厂厂长。

伍尚栋说："在学习钻研技术过程中，

印象最深的有两件事。一是 1977 年 6 月，县里筹建氮肥厂，由县二轻局负责安装工程量较大的造气车间。当时，局里抽调全县 10 多家工厂的技术骨干 20 多人组成安装队，由我任安装队技术员。经过 4 个月会战，安装队以任务重、速度快、质量好，夺得大会战红旗，我也增长了安装大型设备的经验。"

"二是 1990 年，县里准备在罐头厂上一条年产椰子汁 2 万吨、年产值 1.6 亿元的生产线。为此，县经委决定调我任罐头厂副厂长，主管生产技术工作。我带领技术人员和安装工人，反复研究资料，制定安装计划，日夜奋战，完成从进口铁皮制罐、到椰子汁生产及入库的生产线安装，确保椰子汁生产线按时按质投产，1991 年取得了很好的经济效益，增加了县财政收入，受到县委、县政府的高度赞扬。"

伍尚栋，1 位高中毕业生，凭着爱岗敬业的精神，努力学习专业理论，刻苦钻研新技术，自学成才，成为琼海县工业生产的技术骨干，带领职工艰苦奋斗，使琼海县农具厂成为年年盈利的先进单位，他也成长为1名优秀的企业管理者。1985年12月28日，海南日报刊登通讯《在竞争中求发展——记琼海县农具厂开创新局面的事迹》，现全文转载如下，以飨读者。

近几年来，琼海县农具厂在竞争中摆脱窘境，出现了产销兴旺的景象，利润年年增加。从一九八一年至一九八四年的四年间，平均每年创利润三万六千元。今年一至十一月，他们在原材料涨价幅度比较大的情况下，仍然实现利润三万六千元，提前完成了全年利润计划。

敢于创新

琼海县农具厂原来生产锄头、镰刀、犁头、打谷机等产品。这些产品过去都靠商业部门包销，原材料靠国家供应，利润虽然微薄，但企业尚能维持。但从商业部门退出了包销，部分原材料涨价后，这个厂便出现产品滞销，资金周转困难，工人工资发不出去的状况，严重威胁着企业的生存。面临这一窘境怎么办？厂领导下到农村进行调查，从一件事中受到启发：烟塘区有个工副业人员，从外地购进了一部小吊锯机，在农村流动加工锯木，收入很可观。有的农民对厂领导说："现在农村搞承包责任制，你们工厂要多生产像小吊锯这样的小型机械，准有人购买。"根据这些情况，厂里作出决策，改生产大型吊锯机为小型吊锯机，并由厂长伍尚栋亲自绘图设计，仅两个多月就试制成功了。经试销，果然是热门货。不久，他们又把原生产的脚踏打谷机改为单人打谷机，也深受群众的欢迎。由于这两项产品试制成功，使这个厂的生产一下子活了起来，一九八一、一九八二年都获得了利润二万多元。

优质服务

小吊锯机、小打谷机使琼海农具厂绝路

逢生，在同行业中震动很大。不久，县里有两家国营工厂也搞起了这两项产品来，而且产量比农具厂多。这样，这个厂的热门产品又变冷门了。为了突破这新的挑战，他们采取了三条措施：一是以廉取胜。把小吊锯的价格，从每部三千三百八十元降到二千九百八十元。原来库存的十七部小吊锯三个多月销不出去，但降价后二十多天就销售一空。二是以优取胜。他们善于倾听用户意见，不断改进产品，提高质量，满足用户的需求。他们建立了保修保换制度，凡农具厂生产的产品，出厂三个月内出现非人为的质量事故，农具厂派员上门免费修换。三是实行优质服务。有一次，高州县有个用户到该厂购买一部小吊锯机，这个用户不懂安装，工厂派员跟随用户上门免费安装。不久，那个用户发来电报说："皮带轮有裂纹。"工厂立即派员带上零件上门去换，并给用户传授修理小吊锯机的技术，使那个用户非常感动。这样一来，这个厂的小吊锯又从冷门变成了热门，并且打进了湛江和广西的市场，年销量从三十部上升到九十部。

改革挖潜

琼海农具厂在竞争中既抓了技术改造，改变产品结构，增强应变能力；又抓了企业内部的制度改革，挖掘潜力，增强活力。这个厂从一九八一年起已实行计件工资制，但这一改革仅打破了职工吃企业"大锅饭"的弊端，没有解决好职工吃车间、小组"大锅饭"的矛盾，还不能充分调动工人的积极性。今年来，他们又抓了车间小组分配制度的改革，把全厂不同的工种、不同的产品部件，一项一项地考核，全面制订工时定额，把车间小组集体计件改为个人计件，从而进一步调动了职工的积极性。如小吊锯原最高月产只有八部，改个人计件后，最高月产量达十五部，效率提高近一倍。

勇挑重担的符天祥

符天祥，嘉祥街人，1950 年出生，在琼海市建筑行业享有声誉。

按照事前的电话约定，我于 2023 年 7 月 30 日下午，拜访了符天祥。

虽然我俩几十年未谋面，但见面时，都很快认出了对方。我叫了一声"天祥哥"（我小时候叫他"涛哥"），他深情地说："我和你哥（王林盛）是温泉中学同学，一起去琼中县参加国防"三线"建设，回街坊后种菜。当时，我当嘉祥街坊民兵营长，你哥是纪纲街坊民兵营长。琼海县招工时，我去琼海县建筑公司，你哥先去了二轻工厂，后转去琼海县劳动服务公司。不久，嘉积镇委又动员你哥回街坊当干部。后来，他当了纪纲街坊主任、书记。你哥人好，正直、实干，我俩一直是好朋友。"

随后，我把《嘉积市丁》和《琼崖乐四苏区史料研究》两本书签名送给他，同时，将《嘉积市丁（下册）》初稿给他看，并说明这本书主要是记录过去嘉积的人与事，作为地方历史文化传承下去。他表示理解和支持。下面，是我（简称王）和符天祥（简称符）的访谈录。

王："你在县（市）建筑公司当经理时，办了许多实事好事，能讲一讲吗？"

符："首先纠正一下，我不是经理，是分管生产的副经理。我1975年被招工到琼海县建筑公司，做了5年机械修理工。1980年，当了副经理，分管生产。直到2009年企业改制，我便连续当了6届（29年）副经理。现在回想起来，还是非常感谢组织和职工对我的信任和支持。"

王："俗话说，新官上任三把火。你上任后干的第一件大事是什么？"

符："说实话，我当分管生产的副经理

后，感到责任重大。没有生产，就没有效益，就没有工资发，几百人吃饭就成问题了。既然组织和职工信任我，我就要把这个重担挑起来。我上任后干的第一件大事是承建县工商银行8层大楼。过去，县建筑公司只建过5层楼（东风大厦）。因此，当时承接县工商银行大楼这个项目时，我心里没底，很紧张。但凡事都有第一步，事情是人干出来的。在缺少经验、缺少技术的情况下，我组织工程技术人员到广州、深圳参观学习，邀请专家评审建筑方案，施工计划稳步推进，且注意保证质量，终于把大楼建成优质工程，从而提高了公司的经营能力和影响力，使公司能够承接更多的建筑项目。"

王："你做得很对！当时新建的宿舍楼都超过5层，如果不突破这个技术瓶颈，公司就接不到活，难以生存发展。"

符："随着城市建设的发展，公司的业务越来越多。由于工程质量有保证，公司信誉不错，得到市委、市政府的信任。1993年，公司承建了市委、市政府办公大楼。我当时感到责任更加重大。这不仅是生产问题，而且是一项重大政治任务。如果办公楼建不好，既会影响琼海的形象，又会被市领导追责。我不敢掉以轻心，认真组织施工。从施工开始到建好大楼，我一直在工地指挥工作，随时检查施工质量，解决施工中遇到的问题。那时，市领导非常重视这项工程，工程中遇到什么困难，都及时帮助解决，使工程进展顺利。1995年，办公大楼按时按质竣工并交付使用，得到市领导的表扬。"

王："市委、市政府办公大楼，可以说是品牌工程，有助于提高公司的声誉和知名度。但毕竟是处于市场经济环境中，内地大量的建筑工程公司进驻海南，行业竞争激烈，如何保证公司有活干、职工有饭吃？"

符："你说得对！职工的吃饭问题，始终是压在我身上的重担。为此，我做了一件自己最满意的事。那时候，我利用建办公楼的便利，时常向市领导汇报工作，让市领导了解公司实际情况。我承认，公司与内地同行有差距，但公司有6个分公司450多人（含退休人员），其中不少是退伍军人和上山下乡后回城的知青。如果没有活干，就没有收入，便无法保障职工的吃饭需求，会产生很大的社会影响。因此，我向市领导提出建议，请求市里每年安排2个大项目给建筑公司。结果，市领导接受了我的建议，每年安排项目给公司，一直到企业改制。职工非常感谢政府！"

王："企业改制后，你干什么？"

符："企业改制后，我还是干老本行，搞建筑。现在我年龄大了，主要是儿子做，他是江西工程学院建筑专业毕业的。我现在是帮忙看工地。我高兴的是，小女儿在海南艺术学校读了6年，后来考上北京舞蹈学院，现在在广州舞蹈学院当教师。"

王："你有福气，儿子成才，女儿争光！北京舞蹈学院被誉为'舞蹈家的摇篮'，你女儿真了不起，是嘉积人的骄傲！"

符天祥是从工地赶回来和我见面的，我不好意思占用他太多时间。为不影响他的工作，接近 5 点时，我和他握手言别。符天祥在县（市）建筑公司副经理岗位上干了 29 年，实属罕见。他处事稳重的作风、勇挑重担的精神，给我留下了深刻的印象。

2023 年 10 月 15 日，我带着书稿再次拜访符天祥，请他核实和补充材料。

王："你从事建筑行业几十年，有没有专业技术职称？"

符："我通过自学考试，获省里批准，取得了建筑行业高级工程师职称。"

王："你在建筑行业干出了成绩，是市人大代表还是市政协委员？"

符："我连续当了两届市人大代表，直到退休。"

王："你在为事业而奋斗的过程中，印象最深的是什么事情？"

符："我印象最深的是 2004 年 5 月 1 日，被邀请去北京人民大会堂，参加'五一'国际劳动节招待宴会。这是一生中最光荣的事，我感到非常幸福。"

随后，符天祥带我参观由市建筑公司承建的市委、市政府办公大楼，并合影留念。这次见面后，我觉得符天祥是一个谦虚谨慎的人。如果不问，我们也不知道他身上的光环和荣誉。

个体经营显身手

2023 年 7 月 19 日，《中共中央国务院关于促进民营经济发展壮大的意见》发布，指出民营经济是推进中国式现代化的生力军，是高质量发展的重要基础，是推动我国全面建成社会主义现代化强国、实现第二个百年奋斗目标的重要力量。

民营经济，即非公有制经济，包括个体、私营经济等。1980 年，改革开放之初，全国个体工商户还不到 1 万户，占市场主体比重不足 1%。截至 2021 年底，全国登记在册个体工商户已达 1.03 亿户，占市场主体总量的 2/3，解决了 2.76 亿人的就业问题，民营经济的发展实现历史性突破。可见，民营经济对解决就业问题、推动社会主义建设做出了巨大的贡献。但是，我国的民营经济发展到今天，实在是不容易。

特殊时期的嘉积人

　　回顾历史，民营经济发展道路曲折艰难。中华人民共和国成立初期，国家没收官僚资本商业，保护私营商业合法经营，帮助其克服困难。1953年，国家对私营商业实行"利用、限制、改造"的方针。1956年，经过社会主义改造，小商小贩被纳入合作商店，属集体所有制性质，实行统一领导、分散经营、独立核算、自负盈亏。1958年，公私合营商店全部并入国营或供销商业。同时，个体商贩被强令歇业。1961年，在经济调整中，国家允许一些个体商贩营业。1963至1964年，国家对无证商贩进行清理整顿，发放临时营业证。1966年，"文化大革命"开始后，个体商贩濒于绝迹。

　　1958年至"文化大革命"时期的政策，给老百姓带来了极大的生计问题。当时嘉积镇有相当部分没有文化、没有技术、没有财产、年龄偏大的人，特别是许多家庭妇女，没有参加公私合营商店，靠做小商小贩过日子。被强令歇业后，他们的生活难以为继。为了维持生计，老百姓只能偷偷摸摸做生意。但是若被发现，后果很严重。如陈爱兰同学小时候，她父亲（陈选树）为了生活，偷偷做点小生意，赚钱养家糊口。后来有人检举揭发，他被抓去挂牌游街示众、开会批斗，被认定为投机倒把分子。在嘉积中学读书时，她表现积极，但由于父亲是投机倒把分子，政审不过关，入不了团。"投机倒把"一词，产生于20世纪六七十年代计划经济时期，指买空卖空、转手倒卖等牟取暴利的非法活动。投机倒把属于经济行为，后来逐渐政治化。1979年7月，我国刑法设立投机倒把罪。1997年，修订刑法时，取消投机倒把罪。

在现实生活中，老百姓为了生活，从来

没有完全停止个体经营，只不过形式更隐蔽、规模更小了。如我家斜对面的陈辉昌的婆婆，在家门口摆个玻璃罐，卖"姜姆糖"（海南话。姜糖）等食品。又如五德街李华炎的母亲，在嘉祥街与积庆街交界处的"门脚距"里卖槟榔，并帮人联系生意。我也经常看见有人躲在"门脚距"柱子后面，偷偷买卖粮油等管控物资。还有五德街的"金公子"（外号，黄和清的父亲），在我家门口街边摆摊补塑料鞋。他摆放了小炭炉和几根小铁条，叫海口的亲戚小孩看摊补鞋。简单的小孩自己补，复杂的拿到家里给他补。那时候，人们主要穿的是"树泥鞋"（海南话。橡胶鞋，用报废的汽车轮胎割制而成），能穿上塑料鞋是很"色水"（海南话。有面子）的事，塑料鞋裂开或断了，都是补了再穿。因此，补鞋的生意不错。不久，我跟海口仔混熟了，也学会了补塑料鞋。

母亲的谋生路

 1958 年，国家强令小商贩歇业时，我家有 6 口人，父亲王大琪、母亲刘子梅、姐姐王春蓉、哥哥王林盛、我和妹妹王春强。父亲在集体所有制的嘉积镇卫生院做药剂工，月工资 30 余元（当时，琼海县全民所有制职工月平均工资是 40.7 元）。那时，嘉积粮所供应的大米是"角四钱斤米"（海南话。0.14 元买 1 斤米），全家每月定量 113 斤米，共需支出 15.82 元；每人每月可买 1 斤猪肉，"7 角 8 钱斤肉"（海南话。每斤肉 0.78 元），共 4.68 元；剩下 10 多元是买菜钱。因此，家里靠母亲在家门口摆上"衣裤车"（海南话。缝纫机）帮人缝补衣服的微薄收入，补贴家用。如果母亲歇业，我们的生活会很困难。在 3 年困难时期，为了填饱肚子，母亲到"妈漆"（海南话。农贸市场）捡"臭风翁割"（海南话。生虫的烂番薯）回家，洗干净后放在"张突"（海南话。石臼）里"张烂"（海南话。舂烂）成浆，然后煎饼来吃。

为了全家人的生活，母亲在家里接私活，偷偷帮人缝补衣服，生意还不错。那个年代，买布要布票，定量供应。买布后，再请师傅裁制成衣服。当时的顺口溜是"新三年，旧三年，缝缝补补又三年"。所以，经常有缝补衣服的活干。同时，母亲擅长做小孩衣服和"衣乓"（海南方言。棉衣）。那时候没有什么童装，就是有童装也买不起，我们小时候穿的衣服都是母亲做的。而普通百姓买不起毛线衣，冬天只能穿"衣乓"。1973年，我去广州读书，穿的是母亲做的丝绵背心。如今，我还收藏着母亲的"衣裤车"（美国圣家牌）和烫衣服的铜碗熨斗。

后来，母亲又发现一条"活路"（商机）。人逢喜事，或过农历节日，喜欢吃白粿（用米加工成粉），如粿汤、粿炒、粿卷，琼海出名的是塔洋粿炒。当时是凭粮票买饭吃的年代，乡下人"去市"（海南方言。进城），在国营饭店买1碗粿汤或1盘粿炒当午饭是最经济实惠的。因此，母亲做起白粿生意，即来米加工。需要说明的是，那个年代没有自来水，我家有1口水井、1个小庭院，可以安装磨盘，有水加工白粿。白天，有人悄悄地拿米来；下半夜，母亲才开始"朗筑"（海南方言。磨米）、蒸粿、切粿。天刚亮，客户便来把白粿拿走，以免被人发现惹麻烦。如果来米加工数量少，母亲一人就把活做完了。如果数量多，姐姐、哥哥便要帮忙"朗筑"，母亲蒸粿，有时姐姐还要帮忙切粿。后来，姐姐在嘉积中学住校，哥哥在温泉中学住校。遇到来米加工，我便要爬起床，帮母亲"朗筑"。说句真心话，做白粿效益好，除了收取加工费，洗米水可以喂猪，还有一点点多余的白粿可以当早餐吃，是一举三得。母亲的手艺很好，如今，妹妹的同学刘少霞还说：新鲜的白粿，放一点椰丝卷起来，成为粿卷，真好吃！现在都忘不了这个味道！

天下没有不透风的墙。回想起来，应该是母亲做白粿的事暴露了。虽然没有听说挨批的事，但街坊决定在我家成立白粿加工组，扩大来米加工规模，供应饭店、摆街销售。我至今还清楚记得白粿组人员（用海南方言称呼）："定安伯姄"（黄关熙的母亲）、"龙滚伯姄"（陈春林同学的母亲）、"红树伯姄"（陈道南的母亲）、"南汉嫂"（郭石福的母亲）、"妷新迈"（符策花同学的母亲），还有冯尔清的母亲和维蓉姐等。显然，僧多粥少，效益不好。不久，白粿组解散了，母亲又回到个体经营的老路。

由于有做白粿的便利，母亲在家里养猪，既能保证过年时有猪肉吃，又可以卖部分猪肉补贴家用。母亲还饲养嘉积鸭，小有名气，有记者写了报道，刊登在香港报纸上。

往往是鸭未出笼，便有人定购了。令我想不到的是，2023年2月，我拜访琼海市一位局领导，得知她10年前看过《嘉积市丁》这本书，至今还记得我描写母亲饲养嘉积鸭的过程，这让我十分惊喜！记得有位学者说过，只要有一人看过你写的书，你就有一份收获，你写作付出的劳动就值得。

更令我想不到的是，10年后的今天，嘉积中学学姐刘海菊、覃业兰，从陈祝宁同学那里拿到《嘉积市丁》一书，争相传阅，这对我是极大的鼓励和鞭策。

父亲的工资，保障了全家人有饭吃。母亲的智慧和勤劳，撑起了整个家。虽然生活并不富裕，但为了我们，该花钱时，母亲毫不犹豫。那时候，我哥去新市和九曲江公社的街坊农场劳动，看别人家的孩子骑单车出入，母亲二话不说，为哥哥买了1辆凤凰牌单车。1972年，我被抽调到琼海县林业局检查全县各公社的苗圃生产工作，为方便工作，母亲为我买了 1 块上海牌手表。这就是母亲，谋生的道路再艰难，也要挤出钱来，让我们体面地工作、生活。我们兄弟俩也算争气，哥哥后来当上了纪纲街坊主任、书记，我也成了国家机关的一名处级干部。我们兄弟姐妹 4 人，尽孝尽责照顾母亲安度晚年。母亲善有善报，活到 103 岁。

林才立的生意经

1978 年 12 月，改革开放的进军号吹响了，具有经商传统的嘉积人闻声而起，全民经商。有铺面的，自己做生意或出租；没有铺面的，到街上摆摊做生意；有资金、有胆量的，长途贩运产品搞批发；等等。那时候，街上热闹非凡，卖衣服、日杂、土产、香烟、水果等，应有尽有；饭店、茶店也随处可见。

当时，涌现了一批小有名气的生意人：经商方面，有元亨街的伍时翔，纪纲街的伍尚春同学、罗华龙同学，环市街的傅佑武同学和溪仔街的刘良颂等。在建筑工程、房地产行业，有五德街的符会海、吴达琼，环市街的王忠、新民街的杨居壮等。此外，积庆街的饶万波当上了万琼食店的老板；新民街的刘天伍成了百家汇商场老板；金海路的王关安兄弟专营铝合金，也颇有名气。

这里，我要记述的是小学同学、环市街林才立的生意经。当人们热衷于商业贸易、饮食服务生意的时候，林才立另辟路径，从事文化方面的生意。那时候，许多人都没有见过黑白电视机，林才立却买了1台彩色电视机，摆在家里收费播放，热闹了好长一段时间。

当街上出现录像厅后，观看电视的人少了。林才立坚持走文化创业的路子，寻找新的商机。他发现年轻人爱听流行音乐、中老年人爱听琼剧，于是购买了1台高档的双卡录音机，并买了1批质量好的录音带，翻录并销售录音带，生意不错。

后来，他的哥哥林才松成功研制了用拼音打字的电脑，在佛山、广州、海南等地推广应用。林才立闻声而动，在嘉积开设了海南第1家用电脑打字的打印店。这在用铅字打印的年代，可是件新鲜事，参观的人络绎不绝，打字的人要排队等待，生意红火。同时，林才立发现嘉积没有彩色照片放大业务，便增设彩色冲印放大业务，收件后送到海口冲洗放大。

令人想不到的是，海南省财税厅和新加坡白小姐合作销售彩票，林才立成了琼海的代理商，干起了销售彩票的生意。我至今也弄不清楚，林才立是如何获得这个商机的。至于赚多少钱，看看如今的彩票业，便可想而知。我在定安县委工作期间，曾两次向海南省财税厅申请并获批彩票建设基金共计200万，先后建起了定安县博物馆和邮政大楼，也算是为定安人民做了2件实事。

林才立的生意经归纳起来，是善于捕抓商机，认准就干；善于观察市场变化，见好就收；善于结交人脉，广开财路。总之，学会了解市场，掌握市场，开拓市场，才能经商有道，财源广进。

全会安与鸡饭店

全会安，原来家在嘉祥街，靠近积庆街。小时候，他经常到积庆街和我们一起玩，我叫他"安哥"。改革开放后，安哥从事饮食业，开办的安记鸡饭店饮誉嘉积。

安记鸡饭店位于万泉河畔的善集路。我几次从海口回嘉积，都到安记鸡饭店吃饭。每一次见面，安哥都会跟我"学古"，回忆孩童时代的欢乐情景，讲述他的艰苦创业过程。

改革开放初期，全会安在嘉祥街自家门口摆摊卖鸡饭。由于靠近东门市场（今中心市场），他的生意不错，他赚了一点钱，想把生意做大。可是"门脚距"空间不大，只能摆2张小桌子，无法扩大经营规模。嘉祥街坊领导得知情况后，积极为他排忧解难，把环市街的办公室给他做生意，安记鸡饭店开张了。那时候，环市街是服装一条街，人来人往，非常热闹。吃饭的人多，鸡饭店的生意很好。有一次，我和朋友去那里吃饭，只见屋内外摆满桌子，坐满了人，要等一会儿才有座位。全会安经过多年的辛苦劳动，有了一定的资金积累，同时，他意识到，要把生意做大做久，必须有自己的商铺。于是，他在靠近万泉河的善集路买地盖楼，扩大鸡饭店规模。墙上悬挂的"安记鸡饭店"招牌，是全会安诚信经营、艰苦创业的历史见证。几十年来，全会安坚持卖鸡饭，使我想起了一段海南鸡饭的历史。

鸡饭，用海南方言说是"鸡糒"，虽然起源于海南，却是在新加坡出名，而最早在新加坡卖海南鸡饭的是琼海人王义元。20世纪初期，很多海南人移民去南洋谋生。琼东（今琼海）的王义元移民新加坡。他在家乡时，曾在嘉积的毓葵鸡饭店打工，学得养鸡和"杂鸡"（海南方言。煮鸡）等技术。于是，在新加坡，他挑着竹箩沿街叫卖白斩鸡和"糒供"（海南方言。鸡饭团）。王义元存了些钱后，在海南二街的桃园咖啡店租下1个摊位来卖鸡饭。随着日久年深，王义元鸡饭逐渐在新加坡出了名。他的鸡饭之所以香滑可口，据说秘诀在于将洗净晒干的白米用猪油和蒜头炒过，然后用煮鸡的鸡汤来煮饭。食客胃口开，口碑自然来。有趣的是，1949年中华人民共和国成立，老先生思乡情切，对中国共产党领导的新政权寄予厚望，索性把摊位取名为"王共产鸡肉"，名噪一时。后来，大家都管叫他"王共产"，他所卖的鸡便被称为"共产鸡"了。

新加坡把海南鸡饭推广成举世闻名的美食，用事实证明海南鸡饭是乡土特色食品。由此，我认为全会安卖鸡饭的成功经验是：专注地方特色，以一业为主，从小到大，多种经营。如果崇洋媚外、贪大求全、急功近利，这样的经营理念终究是要导致创业失败的。

梁爱华创业访谈录

2023 年 7 月 28 日下午，在杨雅国同学的陪伴下，我走访了梁爱华同学。他原住五德街，是我嘉积镇小同学。我俩最后见面是 1971 年，在新市公社罗陵大队纪纲街坊农场。虽然分别 52 年，但我俩一见如故，感慨良多。我说明来意后，我俩（我简称王、梁爱华简称梁）无拘无束地交谈起来。

梁："我能有今天，首先要感谢你哥（王林盛），是他帮我赚到了第一桶金。"

王："这到底是怎么回事？"

梁："我家庭成分不好，全家人于 1966 年被遣返回朝阳公社农村老家，后落实政策回城，找工作也没单位要，只好打零工谋生。可以说，什么脏活累活都干过。改革开放初期，你哥为了帮助街坊就业，购买了 1 台冰水机，是美国进口的二手机。因冰水机价格较贵，没人要。而我在广州见过冰水机，很受消费者欢迎。你哥平时对我不错，从来没有因我出身不好歧视我。当你哥找到我时，我们全家人凑钱买下这台冰水机。我把冰水机摆在街边，卖起了冰水，生意很好，赚到了人生第一桶金。"

王："这台冰水机是我买的。当时我出差广西南宁，在 1 位越南归侨家里发现这台冰水机，觉得海南天气热，买回去做生意不错，便提供信息给我哥，并帮助购买。"

梁："我原来还想不明白，你哥是通过什么渠道、怎么买到美国进口的冰水机，原来是你帮忙的，感谢你了！"

王："关键是你有见识，敢想敢做。"

梁："你说得对，认准了就干。后来我关注到中美关系改善，可以进口美国商品，便从卖冰水转变为卖冰水机。我从广州买回冰水机，卖到全岛，又赚了一桶金。"

王："你真的有头脑，很会发现商机。"

梁："当时，我还在新民街卖衣服，后来整顿市容市貌，服装市场搬到环市街。"

王："你为什么不租铺面卖衣服呢？"

梁："你怎么也想到铺面经营？"

王："我在海口市乡镇企业局当副局长时，分管了 7 年生产，知道一点经营管理。"

梁："当时，我在嘉祥街租了 1 间铺面卖衣服，是全市第 1 家，生意不错。但是，卖衣服门槛低，谁都可以卖，竞争激烈。我通过考察市场，决定改卖摩托车。这个行业门槛高，别人跟不上。"

王："现在流行一句经济名言：'人无我有，人有我优，人优我廉，人多我转。'这是指在经营内容上，要经营一些人家没有的东西，那我就自成 1 个品牌了，才能创业成功，即'人无我有'；如果人家有卖这种商品，我就卖再好一点的，在质量上取胜，即'人有我优'；如果人家也有同样的好商品，我就用降低价格来取胜，即'人优我廉'；

如果别人也同样降价，我就赚不到钱了，那就改行做别的，即'人多我转'。你从卖衣服转向卖摩托车，符合市场经济规律。"

梁："你说的 16 字经济名言，让我想到我父亲（梁运和）卖布时，也有 16 字做生意的真言：'人有我有，人无我有；人有我低，人无我高。'就是说，别人有的生意，我有；别人没有的生意，我也有。别人有同样的商品，我卖的价格低；别人没有的商品，我卖的价格高。后来，在经商过程中，我自己总结了'诚信为本'的经营理念，即'诚心、精心、用心、放心'。"

王："你父亲很会做生意，并善于总结。"

梁："公私合营前，父亲是卖成衣布匹的。改革开放初期，我想开食店，但父亲问每天卖不完的食物怎么处理。只能喂猪，或者发霉烂掉，因为那时候没有冰箱。于是，我不开食店了，恐怕开了也是亏本生意。"

王："实际上，你在创业过程中，也摸

索出了自己的生意经。我总结你刚才说的创业过程为：'抓住商机，随机应变。'当初，你果断买下冰水机，由打零工变成卖冰水的个体户；当发现冷饮有很大的市场，你由卖冰水变成卖冰水机；当发现人们对着装的需求，你变成卖衣服的小老板；当发现人们对生活有更高追求，你变成卖摩托车的公司董事长。这都是你'善变'的结果。说一说你是怎么卖摩托车的。"

梁："虽然卖摩托车门槛高，但别人看到有钱赚，也会跟着卖。1992年，我开始卖摩托车，并成立琼海华声贸易有限公司；2000年，公司改名为琼海华声汽车销售有限公司。在卖摩托车过程中，我观察到用户喜欢嘉陵-本田摩托车，便想方设法联系到厂家。2001年，公司做了嘉陵-本田摩托车琼海总代理；2003年，公司又成为五羊-本田摩托车琼海总代理。同时，我还经营了金海酒店、定安华声车行。特别是2005年兴建华声车行大楼后，我儿子帮我把摩托车生意扩大到琼海各乡镇、海南各市县，华声车行成为琼海摩托车经销第一品牌，并形成了经营五羊–本田的核心理念：'服务为第一宗旨，顾客就是上帝。'"

王："你当时是怎么想到买地并兴建销售大楼的？"

梁："刚好那时候市里搞富海开发区，我便买地盖起了销售大楼和职工宿舍楼。公司以嘉积为中心，辐射各乡镇和各市县，生意逐渐形成规模。"

时间过得很快，转眼已近6点钟。梁爱华想请吃饭，我说晚上同学聚餐，下次吧！随后，梁爱华坚持开车送我和雅国同学回去。一路上，说起往事，我俩话犹未尽。当我问起1件旧事，梁爱华说："父亲教育我，失去的东西，不能强求，要顺其自然。"我说："你父亲说话很有哲理。看来你创业成功，除了自己努力，很大因素是父亲的遗传基因。"大家哈哈笑起来!

值得一提的是,梁爱华同学看了我写的《琼崖乐四苏区史料研究》这本书后,叫我查找伯父梁运侠参加革命的史料。据查,《琼海县志》烈士名录中没有梁运侠的名字。为此,我走访了博鳌镇维礼村,跟88岁的老支书梁生权等几位老人座谈。大家一致说,梁运侠在海南解放前参加革命,后来牺牲了。在海南解放后,有关部门曾来村调查,因姓名不符,无法认定梁运侠为革命烈士。而今,梁运侠牺牲80多年了,没有人证、物证,有关部门也难以确认梁运侠的烈士身份,实在令人遗憾!可喜的是,在维礼村老百姓心里,梁运侠就是革命烈士。对此,梁爱华同学感到温暖。

大

事

记

1950 年 4 月 25 日，嘉积解放。同年 7 月，琼东县从塔洋迁治嘉积。1952 年 7 月，琼东县和乐会县人民政府在嘉积合署办公。1958 年 12 月 1 日，经国务院批准，琼东县、乐会县、万宁县合并为琼海县，县治设在嘉积镇。1959 年 11 月 1 日，万宁从琼海县析出，恢复万宁县。1992 年 11 月 6 日，琼海撤县设市。

嘉积大事记

（1950—1979）

1950 年

4 月 25 日，中国人民解放军野战军渡海作战，琼崖纵队策应，嘉积解放。

5 月 1 日，嘉积人民群众敲锣打鼓、载歌载舞，庆祝海南解放。

7 月，琼东县从塔洋迁治嘉积。

10 月 1 日，琼东县数万群众在嘉积隆重集会，热烈庆祝中华人民共和国成立一周年，会后举行盛大的游行活动。

10 底，在嘉积掀起声势浩大的抗美援朝宣传活动。

12 月，在嘉积成立中苏友好协会琼东分会。

是年，建立琼东县收音站，开始转播中央人民广播电台节目。

1951 年

4 月，在嘉积成立中国人民保卫世界和平、反对美国侵略委员会琼东分会，开展抗美援朝运动。发动人民群众捐款购买飞机、大炮，共筹得捐款 100 多亿元。

5 月，琼东县召开第一届各界人民代表会议。

是年，开展镇压反革命分子运动，至 1953 年结束。

1952 年

1 月，县级机关开展"三反"（反贪污、反浪费、反官僚主义），城镇工商界开展"五反"（反行贿、反偷税漏税、反盗骗国家财产、反偷工减料、反盗窃国家经济情报）运动。

7 月，琼东、乐会两县人民政府在嘉积合署办公。

1953 年

3 月，动工兴建嘉积大桥，1956 年 6 月竣工。桥长 388.2 米，最大负荷量 20 吨。

6 月，广泛发动群众揭露反动会道门罪行，取缔反动会道门组织。

6 月 30 日，第一次人口普查确定琼东、乐会两县人口 213775 人。

10 月，开展党在过渡时期的总路线和总任务的宣传教育活动。

11 月，开始实行粮食统购统销，关闭粮食自由市场。

1954 年

6 月，琼东县召开第一届人民代表大会。

9 月，开始实行棉布凭票计划供应。

10 月，琼东县人民政府在嘉积镇北门建立琼东县革命烈士纪念塔。

是年，采取代销和经销两种形式，开始对私营商业进行社会主义改造。

1955 年

10 月，开始实行义务兵役制。

11 月，琼东县人民政府改为琼东县人

民委员会。

12 月，实行生猪派购政策。

1956 年

6 月，中共琼东县委召开第一次党员代表大会。

是年，琼东县有 612 家私营工商户被改造为公私合营、合作社（组）等组织形式。

1957 年

1 月 23 日，琼东县召开第二届人民代表大会。

10 月，动工兴建嘉积华侨糖厂，投资 343 万元。1959 年投产，日榨量 900 多吨。

是年，开展整风运动、反右斗争。次年秋结束。

1958 年

4 月，琼东县人民委员会在琼东县革命烈士纪念塔周边，修建杨善集烈士（第一任琼崖特委书记，组织领导椰子寨暴动时牺牲）纪念亭和陵园。

5月，琼东县召开第三届人民代表大会。

10月，琼东县撤销区乡建社，嘉积人民公社成立。

12月1日，经国务院批准，琼东、乐会、万宁县合并为琼海县，县治设在嘉积镇。

是年，公私合营企业和合作社（组）分别纳入国营企业和供销社；个体商贩被强令歇业。

1959年

11月1日，广东省委决定，万宁从琼海县析出，恢复万宁县。

1960年

4月，中共琼海县委召开第二次党员代表大会。

12月，开展整风整社，纠正"一平二调"（人民公社初期实行的平均主义，即在公社内部平均分配；县和公社两级政府为实现"共产主义"，无偿调走生产大队及部分社员的私人财物。）的"共产风"错误，发动群众进行生产自救。

12 月底，琼海县召开第四届人民代表大会。

1961 年

年底，贯彻中共中央《农村人民公社工作条例》等文件，实行"三级所有，以生产队为基本核算单位，恢复社员自留地，允许社员发展家庭副业"。

1962 年

3 月，贯彻"调整、巩固、充实、提高"的方针，动员 1958 年底以后参加工作的职工及其随行家属，回乡参加农业生产劳动。琼海县压缩至全民所有制职工 1581 人、城镇人口 1.67 万人。工业企业从 1959 年的 106 家，压缩到 59 家。

1963 年

5 月，海南区党委和琼海县委在嘉积公社开展社会主义教育运动试点。

6 月，琼海县委派社教工作队进驻嘉积

等 3 个公社，设立"小四清"（清理账目、清理仓库、清理财物、清理工分）试点，翌年 8 月结束。

9 月，琼海县召开第五届人民代表大会。

1964 年

7 月 1 日，开展第二次人口普查，琼海县总人口为 266788 人。

秋，创办琼海劳动大学。

年底，嘉积镇青年上山下乡到石壁南牛山，创建嘉积雨松农场。

1965 年

是年，经济调整完成，生产全面好转。

1966 年

5 月，琼海县委成立"文化大革命"领导小组，并派出工作组到文教卫生战线发动群众开展"文化大革命"运动。

7 月，嘉积中学"六一一战斗队"和"红旗战斗队"开展"四大"（大鸣、大放、大字报、大辩论），批判所谓的"资产阶级反动路线"，批判驻校工作组，并戴高帽游街。

8月，红卫兵走上嘉积街头破"四旧"（旧思想、旧文化、旧风俗、旧习惯）。

11月，各"造反"组织批斗"走资本主义道路当权派"，并在嘉积游街。

1967年

2月，军代表进驻，对琼海县党政机关实行军事管制，成立"抓革命，促生产"办公室，以维持其正常工作。

是年，派性对立，武斗事件不断发生。

1968年

1月1日，"红联总"用炸药轰炸"东联站"据点嘉积冰室，压死14人、伤4人，双方先后死亡共计23人。两派对峙局面结束。

4月15日，琼海县革命委员会成立。

6月，开展"清理阶级队伍"运动。

8月，琼海县革委会在嘉积召开万人大会，传达中央文件精神，拔除武斗据点。

9月，琼海县各中小学复课闹革命。

11月，琼海县1805名干部下放到中原"五七"干校，参加生产劳动。1973年前后，他们陆续被调回机关工作。

1969年

3月，海南区革委会在琼海搞"两退一插"试点县，"五七"干校有486名干部做退休、退职和插队处理，1973年后改办复职或退休。

是年，动员嘉积青年上山下乡，组织1批知青到琼海县良种场。

1970年

3月，动工兴建万泉河嘉积拦河坝。

1971年

1月4日，召开琼海县第三次党员代表大会，恢复中共琼海县委员会。

6月，在嘉积兴建琼海县磷肥厂，该厂于1973年被14号台风刮倒。

9月，嘉积南门广场演出现代舞剧《白

毛女》，人山人海，戏场秩序混乱，1 名 18
岁的姑娘被踩死。

是年，安排知识青年上山下乡到林场、
鱼苗场和"五七"干校。

1972 年

1 月，开始实行知识青年上山下乡插队
落户，接受"贫下中农再教育"。

1973 年

9 月 14 日，第 14 号超强台风横扫琼海，
琼海县房屋倒塌 206610 间、死亡 708 人、
重伤 1531 人、轻伤 3825 人。

1974 年

2 月，嘉积地区 2 万多群众集会，庆祝
西沙自卫反击战胜利。

1975 年

9 月，在嘉积南门广场召开万人大会，
传达全国农业学大寨会议精神。

1976 年

8 月，按海南区革委会关于防震工作的

通知，城乡群众撤离住宅，直至 10 月 12 日震情消除才搬回住宅。

1977 年

是年，恢复高考，琼海县参加高考考生 7258 人，其中，应届生 2618 人、历届生 4640 人，共有 203 人考上大中专院校。

1978 年

7 月，长春汽车制造厂和中国科学院湿热带研究所在嘉积铺建一条长 7.7 公里、宽 50 米的汽车试验路，投资 400 万元。

1979 年

2 月 2 日，召开琼海县社队三级干部和贫下中农代表会议，传达贯彻中共十一届三中全会精神，端正党的思想路线，进行拨乱反正，把工作重点从"以阶级斗争为纲"转移到"以经济建设为中心"上来。

（根据《琼海县志》"大事记"整编）

附

录

嘉积百姓名录

为方便读者查阅，现将书中479人的名字（含与嘉积历史相关的个别非嘉积人士），编排成人名索引。人名后面括号里的数字，为本书页码。每页下方的黑体字，为本页姓氏索引。

丁春梅（79）、尤少兰（80）、尤仕良（19）、马业清（16）、王大琪（89、126）、王春蓉（102、126、209）、王林盛（28、102、114、126、138）、王春强（80、102、126）、王琼（209）、王粤（209）、王宏兴（47、72、81、209）、王海安（26、202、209）、王正春（80、209）、王德修（41）、王德儒（41、57）、王德仁（41、57）、王德义（41、57）、王德波（41、54、57）、王团光（57）、王声梅（101）、

丁、尤、马、王

王声明（15、101）、王声菊（93、101）、王声兴（57、101）、王声强（101）、王雄（57）、王光琼（57）、王明芳（57）、王尧（75）、王兴科（75）、王慈慈（75）、王子红（69、74、100、208）、王祚新（75）、王宗汉（75）、王诗赞（75）、王世军（75）、王雄耀（8、69、75、208）、王爱民（75）、王维吾（75）、王月花（75）、王子英（75）、王正深（76）、王会熙（76）、王春林（78）、王广法（78）、王宗和（78）、王亚美（98）、王爱花（79、99）、王国炳（92）、王燕（81、86）、王芙娜（19）、王山（81）、王忠（132）、王关安（132）、王建帜（78）、王敏（80）、韦莉生（78）、文建军（80）、尹经渊（75）、尹伟渊（79）、叶守烈（57）、叶平（75）、叶运美（75）、叶运胜（93）、卢业贵（15）、卢业浩（75）、卢业雄（80）、卢家梅（76）、卢家南（95）、卢坚英（106）、卢东平（72、76、207）、

王、韦、文、尹、叶、卢

卢传新（51、54）、卢业珍（207）、乔建平（4、57、80）、冯尔江（57）、冯尔清（129）、冯推荐（57、80）、冯业颜（75）、冯学辉（75）、冯运雄（75）、冯琼玉（76）、冯传新（76）、冯贤明（76）、冯秋和（76）、冯海波（80）、冯海花（81）、冯文学（97）、冯琼珍（19、208）、冯振山（209）、邢福海（97）、朱才娥（76）、伍宇民（26）、伍时忠（25）、伍时文（25）、伍时轩（25、57）、伍时鑫（14、25）、伍时俊（25）、伍时芳（16、25）、伍时安（25）、伍时宣（25、57、75）、伍时福（25）、伍时陆（25）、伍时桂（12、21、25）、伍时炳（14、25、96）、伍时兴（15、25）、伍时伟（25）、伍时翔（25、132）、伍时云（25）、伍时江（25）、伍时雄（25）、伍时宁（25）、伍时永（25）、伍亚江（25）、伍尚栋（14、72、95、106、207）、伍尚妹（75）、伍尚春（132）、伍燕飞（75）、全会养（75）、

卢、乔、冯、邢、朱、伍、全

全会安（135、208）、全会新（94）、刘子梅（126）、刘子才（75）、刘義传（11）、刘永杰（37、57）、刘永焕（37、57）、刘传信（16）、刘晓沐（37、57、208）、刘晓锋（37）、刘爱梅（19）、刘金胜（41、77、97、208）、刘少霞（129）、刘良望（15）、刘良维（95）、刘良颂（132）、刘良和（70、75、95）、刘良平（75）、刘良新（69、78、208）、刘良雅（80）、刘永三（75）、刘礼旺（75）、刘良花（76）、刘天伍（76、132）、刘小月（76）、刘海菊（96、130）、刘会琼（16）、汤集英（75）、汤集强（14、47）、汤集胜（16）、汤集平（55）、汤集兴（80）、汤大军（78）、许家丰（94）、许宏鸾（209）、许丁坤（80）、严桂新（57）、严桂才（98）、严朝政（57、80）、杨彼德（57）、杨雅国（50、98、138、208）、杨开经（75）、杨启江（75）、杨传英（92）、杨燕（76）、杨居壮（132）、杨居梅（75）、

杨居正（74、92）、杨萍（81）、杨寒生（79）、杨东兰（85）、苏甦（80）、李丽花（80、83）、李诗蓉（50）、李诗永（46、57）、李诗兰（53、75）、李诗海（46、49）、李昭天（15）、李松（16）、李昭花（92）、李斌（14）、李雷（75）、李第万（75）、李文学（75）、李孟琼（75）、李春香（75）、李第轩（75）、李第才（75）、李家深（75）、李兴兰（16）、李华炎（125）、李琼灿（75）、李美（78）、李炎（78）、李勇（78）、李爱芳（78）、李清玉（79、99）、李琼文（79）、李学新（80、86）、李居琴（80）、李春燕（18、81）、李若琪（81）、李平（79）、李莉（80）、李丽（80）、李夏（81）、李冰真（29）、宋统凤（78）、宋统梅（92、208）、宋统娥（79、99）、宋统文（57）、吴坤仍（自序、8）、吴庆雄（80）、吴清育（79、99）、吴清美（80）、吴昌雄（79）、吴昌柳（92）、吴秋霞（19、79）、

杨、苏、李、宋、吴

吴林和（77、105）、吴林胜（105）、吴林琼
（80、105、208）、吴来贵（79）、吴建中（57）、
吴秋杏（79、98、208）、吴国（57）、吴玉
梅（75）、吴秋和（75）、吴乾钵（75）、吴
金（81）、吴惠敏（57）、吴惠霞（81）、吴
达琼（132）、何子景（12）、何子昌（46、
57）、何子林（47）、何书典（57、80、207）、
何书川（79）、何书玉（80）、何书雅（79）、
何君雅（79、99）、何运英（75）、何深（76）、
何煌春（76）、何侠（76）、何贤东（78）、
何贤琼（78）、何运荣（97）、何玲（81）、
何冠（81）、余厚昌（71、75、208）、余居
光（75）、余居龙（78、208）、余梅妹（18、
77、208）、余居声（18、94）、张新民（27、
28、32、57、208）、张先云（79、99）、张
运君（8、97）、张光森（9）、张光美（9、
98）、张德兴（76）、张运开（76）、张运良（76）、
张荣森（78）、张妙茹（18、79）、陆桂书（92）、

吴、何、余、张、陆

陆琼（80）、陈愿钢（13）、陈选杰（11）、陈选树（124）、陈爱兰（98、124、208）、陈爱珍（80）、陈选斌（92）、陈秋菊（57）、陈丽雅（57、92、208）、陈祝宁（47、95、130、208）、陈万兴（57、96）、陈开兴（17、20）、陈开雄（17）、陈家炳（95）、陈吉琼（16、54）、陈培德（92）、陈林兴（92）、陈洪（18）、陈德（57）、陈传珍（57、76）、陈春养（76、208）、陈治春（76）、陈家英（76）、陈海波（76）、陈道美（103）、陈道兰（103）、陈道蓉（103）、陈道南（103、129）、陈玉（76）、陈先汉（76）、陈川品（4、80）、陈平（80）、陈光琼（98、208）、陈业琼（97）、陈纪检（98）、陈春盛（16）、陈春林（98、129）、陈朝文（98）、陈吉雅（98）、陈勇（79）、陈书（79）、陈飞（79）、陈俊雄（105）、陈俊标（105）、陈海波（105）、陈俊强（105）、陈辉昌（104、125、208）、

陆、陈

陈辉雅（104）、陈辉淑（104）、陈辉坚（105）、陈辉奉（104）、陈绍烈（57）、陈辉煌（58）、陈辉钊（58、80）、陈辉清（16）、陈辉炎（19、80、81）、陈辉益（81）、陈海健（97）、林才丰（20）、林才松（28）、林才立（132）、林开敏（20）、林丽曼（81）、林小洪（81）、林赞森（81）、林少江（57）、林少霞（80）、林道兰（76）、林贵蓉（76）、林雪玲（79）、林德芹（69、79、98、203、208）、林德妹（79、99、208）、林东海（78）、林东波（79、99）、林熙（19）、林明（8）、庞道炯（18、78）、庞道金（18、208）、庞道雅（41、47、77、99、208）、庞道强（80）、庞强（80、104）、郑茂炳（101）、周传忠（4、57）、周启明（43）、周始芊（57、207）、周始辛（80）、周发明（80）周开德（76）、周良娥（92）、周凡波（76）、周维波（76）、周巨丰（81）、欧振岸（57、80）、罗华龙（132）、罗业桂（76）、

陈、林、庞、郑、周、欧、罗

罗业梅（76）、罗华美（76）、罗华玉（76）、罗太江（78）、罗良玉（18、96）、罗良文（98）、屈燕平（80、207）、赵友清（16）、赵光明（78、81）、赵东春（57）、柯天劲（28）、柯天标（76）、钟雄（95、98）、钟李胜（76）、钟丽云（79）、莫振壮（78）、饶万光（103）、饶万江（103）、饶万盛（103）、饶万銮（103）、饶万波（104、132）、饶万兴（104）、饶万强（104）、饶万壮（104）、饶万香（78、104）、饶万忠（104）、饶世洲（104）、唐林旺（50）、徐淑芬（57、97）、郭泽番（57）、郭泽忠（76）、郭泽兴（57、76）、郭春娥（103）、郭振良（103）、郭石福（103、129）、郭国雅（92、103）、郭永丰（103）、梁运和（141）、梁爱兰（76）、梁爱华（138、208）、梁其兰（47、95、208）、梁丰（18、98）、梁清（81）、黄武（28、39）、黄关熙（95、129）、黄英森（47、201）、

罗、屈、赵、柯、钟、莫、饶、唐、徐、郭、梁、黄

黄英茹（47、85）、黄英雅（86）、黄伯禹（80）、黄民（57）、黄和清（76、125）、黄和英（76）、黄春花（76）、黄春明（78）、黄海雄（78）、黄恒建（78）、黄亚庆（78）、曹湘生（57）、龚建成（86）、崔家海（76）、崔家壮（76、100）、符天祥（95、114、208）、符会海（132）、符俊（28）、符雄（80）、符兰美（81）、符之爱（81）、符秋（81）、符宏川（4、57）、符俊卿（57）、符浩光（57）、符忠梅（76）、符子梅（76）、符云清（76）、符云开（74、95、208）、符俊雷（76）、符丰锐（79）、符丰才（92）、符会蓉（103）、符会清（103）、符策花（79、99、129）、符德香（85）、符实（19）、韩燕（19）、韩文畴（19、80、85、209）、韩花（19）、覃业兰（130）、覃业波（19、98）、覃忠雄（80）、程守学（209）、傅佑梅（76）、傅佑武（132）、傅佑伟（76）、傅伍兴（76）、傅玉美（98）、傅承偏（79）、

曾传恕（14）、曾传权（57）、谢盛会（76）、蓝祖昌（15）、董传杏（76）、蔡仲（70）、蔡俊（16）、蔡雄（14、70、76、208）、蔡建雄（70、76）、蔡少妹（81）、蔡小波（80）、谭南波（76）、谭雅琴（18、80）、潘善甫（20）、潘正辉（76）、潘书芳（76）、潘先雄（93）、潘先武（98）、黎声武（13）、黎声梅（16、102）、黎声南（76、102）、黎炎光（98、102）、黎红英（102）、黎仙（79）、黎珍（76）、颜爱英（78）、薛道明（12）。

于无路处辟通途

——记我国汉语拼音语词处理机研制成功

本报记者　李大同　俞敏

一九八三年十二月二十日下午四时，北京。一辆上海牌轿车飞驶进一条幽静的小街，在一幢平房前戛然而止。一位面容清癯的年轻人——广州电子技术研究所助理研究员林才松，抱着一台乳白色的微型电脑走进大门，被引到一间陈设简朴的客厅里。

片刻，从旁边的屋子里走出几位鬓发斑白的老同志。其中一位走到林才松面前，紧紧地握着他的手说："你为国家做了一件非常有意义的工作，谢谢你！"这位老同志，是中共中央政治局委员胡乔木。

人们也许要问：这台可以被人抱来抱去的"小玩意儿"，为什么对国家"非常有意义"？

它，能在普通西文键盘上又快、又准地输入输出汉字。在听"音"输入时，其速度几乎可以和说话的人同步；

它，简便易学，任何人只要会汉语拼音，就可以上机操作，而全国每年有二千六百万儿童，入学那天即开始学习汉语拼音；

它，建有具备国际先进水平的智能字库和词汇库，可以存入八千以上汉字和十五万以上词条，根据不同需要建成专业词库后，能够基本满足各行各业的需要；

它具有编辑功能，文字工作者使用它，可以不用纸笔进行写作、记录、文章删改等，再接上激光照排系统，便可省掉传统的排字组版工序，快速出书、出报；

它能免去电报收发两端的转译，极大地促进公用电讯事业的发展，由于汉语拼音用的是拉丁字母，它又便于和国外信息库相沟通；

人们还看到：因为汉语拼音是自然语言的直接表现形式，这台机器为人和计算机用自然语言直接"对话"，开拓了美好的前景；

…………

那么，这台奇妙的"中文语词处理机"，又是怎样研制出来的呢？

"瓶颈问题"

时间就是金钱，效率就是生命，而信息呢？是取之不尽、用之不竭的"资本"。

在这个信息爆炸般增长的时代，中国人实在有理由羡慕使用拉丁字母文字的人们。

你看：二十六个字母变幻万端，组合成无数的信息，在电子计算机上飞快地存入，迅速地索取，就连几岁的儿童也可以毫不费力地掌握。这种字母和计算机的奇妙结合，使汪洋大海般的信息产生出巨大的物质能量，带来了不可估量的经济效益。

而我们祖先留下来的却是成千上万笔

画繁多、含意深奥、方方正正的汉字。先进国家的信息库，中国人难以利用；既通晓英文又懂计算机的科技人员，微乎其微；祖国现代建设中各行各业的大量信息，很难用计算机进行处理；绝大多数中国人谈起使用计算机来，还不免肃然起敬。

中文信息处理问题迟迟未能解决，延误着中国现代化建设的步伐。

科学家们不能容忍这种智力上的挑战，外国资本家更不能忽视有十亿人口的潜在市场。曾几何时，一场对中文信息电脑处理的"围歼战"在国内外展开。

近年来，英、美、日等国的研究已经初见成果，匆匆拿到中国来展览；国内的研究更是捷足先登，方面军众多。

人们对汉字探精究微，把它层层分解开来：笔画、部件、字根、字元……终于找出了规律，又把这些"零件"用不同的代码来表示。一时间，部件结构码、笔画码、特征码、音形码等四百余种编码方案各显神通。中文信息处理仿佛窥见了黎明前的曙光。

然而，人们不无沮丧——所有这些把汉字分解开来进行编码的方案，不仅最终无法和用拉丁字母检索的国际信息库相沟通，并且离简易、快速的理想还差得很远。只要设想一下，在众多繁复的汉字之外，还需经过长期训练，再记住或熟练分析出每个汉字相应的代码或部件（如同电报员需记住每个汉字的数码那样），这就难免让人望而生畏了。一位文字专家风趣而中肯地指出："这结果便是电脑省力，人脑费力。编码法无法摆脱这种困境。"

如何把汉字简易、快速地输入计算机，被专家们称为是中文信息处理中卡脖子的"瓶颈"问题。

祖国现代化建设急需中文信息处理获得根本性突破。需要孕育着创造！一九八一年夏天，广州华南工学院电子计算机系的一位学生，无意中发现，早在近二十年前，一位文字学专家就以其睿智的目光，指出了中文信息处理的另一条绝少有人问津的道路。

迟到的"反馈"

一九五五年，党和政府把中国文字改革当作提高全民族文化的重要任务提了出来。这时，周有光教授被中国文字改革委员会主任吴玉章特聘到北京当专职研究员。

教授极其重视国际上电子计算机的发展，他敏锐地看到，如果文字工作能够借力于这种新颖的机器，其前景将不可估量。到北京后不久，他即开始研究汉字的机器处理，较快地搞出了一套汉字编码方案。

但是，在研究中，他清醒地认识到：汉字实在太复杂，不可能搞出一套简单的规则。要让群众死记住这套编码，太难了！汉字编码这条道路虽然行得通，却绝非一条阳光大道。解决汉字输入计算机的难题，必须另辟蹊径！

一九六一年，他在《中国语文》杂志上发表文章，正式提出了他考虑成熟的看法："机器翻译是一门新的学问，它是语言学和电子学的奇妙结合，这里，汉语拼音占着重要的地位。利用机器翻译把外国拼音文字译成非拼音的文字，最好首先译成按词连写的汉语拼音。汉字和汉语拼音相互转写的机器翻译，是全部研究的一个环节。"不久，他又进一步强调："汉字和汉语拼音不可避免地将在一个长时期中分工并用，为了沟通二者，我们需要设计制造一种以词为单位的汉字和汉语拼音相互翻译的机器。"

在这寥寥数语里，已经浓缩着教授两个重要的思想：一是人和计算机对话的媒介应是汉语拼音而不是汉字，这样，在汉字输入时，二十几个拉丁字母将取代那些令人望而生畏的复杂编码；二是输入单位不是一个个的字，而是一个个甚至是一组组的词，这就可以形成特定的"语言环境"，如同人们在邮局里买邮票时，营业员绝不可能理解为"油票"一样，在一种特定的语言环境中，人们很少歧解同音字和同音词。

然而，空谷足音，一花独放。在汉语拼音还受到种种非难而普通话并不"普通"的年代，这个重要思想显得那么不合时宜。慕名来访教授的计算机工作者那么多，教授一个个地劝他们开辟这条新路。口干了，舌燥了，他也失望了：几乎没有一个人理解。不久，动乱开始，"拼音转变法"遂化作他脑中的一个绿色的、充满希望的梦。

教授绝没有想到，他向社会发出的这个重要信息，二十年后，在一封不足三行字的来信中居然又"反馈"回来。他立即欣然提笔回信……

奇异的"纽带"

一九八一年八月一个星期四的下午。北

京沙滩后街五十五号。

这是一间充其量只有十平方米的起居室。靠墙立着的大书柜里，摆满了装潢精美的书籍。周有光教授正在接待来自羊城华南工学院的三位年轻的学生。其中的一位就是林才松。

他在班里落落寡合、成绩平平，对多数同学看得比泰山还重的考试分数漠然视之。然而外语成绩却总在班上名列前茅，快毕业时已能不困难地收听"美国之音"的英语广播。细心的同学觉得这位"大哥"没有什么学生味儿，在很多问题上比别人更具独立见解并且很不容易改变。

林才松确实不善言谈，可他却一直默默地目的性很强地组织着自己的知识结构。从到电子计算机系学习的那一天起，他就憧憬着：未来的电脑应该是什么样子呢？唔，那应该是一种能够放在大街上，自行收取、分析、剔除、处理、存储信息的真正的智能机！

而这智能电脑，听的是道道地地的中国话！

可是，老师在课堂上所传授的，离他的憧憬实在太遥远了。他看到，现在在计算机上用键盘输入汉字还很难，很难。

难，恰恰激起他一股不可遏止的征服欲，他想："在历史的长河中，每个人都应该起到推进的作用。未来智能机的很多工作未必由我来做，但在键盘上迅速输入汉字我应该做到！"

面对毕业设计，林才松从理想的云端落到坚实的土地上，开始探路了。

如同文字工作者对电子计算机感到陌生一样，林才松虽然具有计算机的专业知识，面对艰深的语言文字学却一筹莫展，他多么需要这方面的指点啊！为此，他兴冲冲地去拜访华南师院的一位中文系教授。教授一片好心，劝他不要再白费力气。这对林才松不啻是兜头一盆冷水，他茫然了……

一天，同学韦诚给他送来一本厚厚的

《汉字改革概论》。林才松惊喜地发现，作者关于在电子计算机上用汉语拼音实现中文信息处理，作了不少精辟的论述。他急忙翻看作者姓名及书的出版年月。作者，周有光；而书，竟是一九六四年的版本！林才松凉了，脑子里冒出问号："经过了十年的浩劫，这样的知识分子，还活着吗？"

但是，他不能放弃这样一个机会，怀着一线希望，他提笔写信："周有光教授：我是一个不久就要毕业的大学生。看到你的著作，认为你的想法很有眼光。我相信我能实现它，请你多多指点。不久我就要去北京实习，如有回信，请寄北京……处。"老实说，当坐在开往北京去的火车上时，林才松根本没有指望这八分钱的邮票会给他带来什么"福音"。

他竟奇迹般地接到了回信。教授约他们几位同学到家里面谈。

此时此刻，谦和、慈祥、年近八旬的教

授，含笑望着这三个略带拘谨的青年，认真地听着他们的述说，欣慰地频频点头。这是他盼望已久的生力军啊！

彬彬有礼的敲门声，一次次打断谈话。教授抱歉地告诉来客："对不起，我正在和三个年轻同志谈很重要的问题……"，"对不起，今晚的宴会我不能去参加了……"

时间悄悄地流逝，暮色将临。惯于严格地按时间排列活动程序表的教授，此时却似乎忘掉了时间。"你们还要多读些书，尤其要读反对者的书。这些书，可以在这些地方找到……"教授循循善诱。

当林才松告辞教授走到街口时，他暗暗庆幸碰上了一个千载难逢的指路人。

信息，只有出生没有死亡的信息，祖国现代化建设急需的信息，像是一条奇异的纽带，就这样把远离千山万水，年岁相差几乎半个世纪的两代人紧紧联系到一起，并且立刻加快了传递频率——

"才松同志，美国 Zilog 公司十月在北京放了一个电影，表演他们的中文计算机……我正在设法取得资料，取得后当再奉告。"

"才松同志……日文语词处理机没有一种应用编码法，这一点值得注意……"

"才松同志……日文机一般用高频先见法，即先出最高频词，同时报警，如不对时按变换键，即出次高频词……"

一个个经过精选的信息，带着教授那颗切望青年早日脱颖而出的拳拳之心，连连飞向广州。

林才松倍受激励，昼夜奋战在华南工学院的计算机房里。

"行百里者半九十"

一九八三年十月下旬，一个阴沉沉的下午，中国文字改革委员会的方世增同志匆匆赶到北京建外旅馆，他在这里找到了林才松。

林才松到北京来参加"国际中文信息研讨会"的计算机展览，会议结束，他已打点行装准备回广州了。此时，他的心情像天气一样阴暗。

稍事寒暄，方世增问："小林，我在展览会上看了你的机器，和你四月份在我们文改会表演那次相比，没有多大进展啊！为什么？"

一句话，深深地触动了林才松，他把憋了许久的话一股脑向方世增倾吐出来……

两年来，他，曾是这样幸运。

在北京得到周有光教授的指点后，林才松坚定了信心，和同学卢欣、韦诚一道，开始进行毕业设计。

一天，林才松正在计算机房里紧张地操作，一位颇具学者风度的长者陪同美国客人来参观。客人沿着机台脚步匆匆，一览而过，显然没有引起多大兴趣。走到林才松的机旁，客人停住了脚步。

注视良久后，客人问："用什么方法输入？""汉语拼音。"对方怀疑的目光。又问："是和香港合作吧？""不，自己干！"客人赞许地拍拍小林的肩膀。意味深长地说："这，在美国有成千上万的人在搞。"

"成千上万的人在搞！"客人走了，林才松还在品味着他的话。这意味着什么？竞争！中国人的天然专利，弄不好就要落到外国人手中！他没有想到，站在客人旁边的那位长者，是学院有权参与博士学位评定的五名教授之一，叫徐秉铮。短短的几分钟里，徐教授已经从这个尚不知姓名的普通毕业生的设计中，敏锐地捕捉住了创造力的火花。

学生能够上机实验的时间很少，徐教授吩咐机房，必须保证林才松的用机时间；学报，代表着学院的学术水平，身为副主编的徐教授找到林才松，告诉他毕业设计完成后，写成论文，学报要刊登。对于毕业生来说，这无疑是一种极难得的荣誉。

设计完成了。林才松小组在计算机上初步模拟实现了汉语拼音输入，汉字输出。论文被刊登在学报显著位置上。

面临分配，又是徐教授，亲自提笔给老朋友、广州电子技术研究所的邓乃炯所长写信举荐："……林才松的毕业论文，我认为有新的苗头，希望你支持他，把研究进行下去。"一九八二年初，林才松被分到这个所的计算机室。

邓所长识才爱才。不久，就破格让这个刚毕业的大学生担任了课题组长。林才松开始以全副精力攻克前进目标中的第二个难关——信息压缩技术。

在计算机上输入汉字，无论用编码法还是拼音法，都有一个"转变"问题——计算机必须存有可供编码或拼音"转变"的汉字。而存储量有限的微型电脑，面对成千上万的汉字，未免望洋兴叹。这就必须设法把众多的汉字"压缩"到微机可以容纳的程度。当时，国内的研究者们普遍认为，汉字因其形体繁杂，充其量也只能压缩至百分之七十，这个课题即使再有突破，也没有多少前途。

创造性思维的一个显著特点，就是往往对"公认"的结论产生怀疑。林才松开始向信息压缩技术挑战了。整整一年的时间，他苦思冥想，一次次山重水复；再辟蹊径，忽然柳暗花明。一九八三年初，FMB 信息压缩技术顺利通过鉴定。

如果说，等量汉字信息同行们还只能用一口"大缸"来装的话，林才松已经把它挤进了一只"小盆"里，并且字型可大可小，输出速度快。全国四十二个单位的六十多名专家，一致认为这项技术达到了国际先进水平，在多方面具有实用价值。许多单位要求推广使用。

林才松兴奋地向周老写信报捷，前进道

路上的主要障碍已经越过！周老热情给予鼓励。所里也极为重视，他被提升为助理研究员，分到了宽敞的住房。林才松抖擞精神，准备向最后的目标冲刺……事业，仿佛格外青睐这个才华横溢的年轻人。

然而，生活对于他来说，却远非像技术那样单纯。

来所洽谈购买 FMB 技术的人络绎不绝，信函纷至沓来。所里要求林才松立即进行推广工作。他哪里懂得做生意呢，一时被搞得晕头转向。"不行，研究不能停！我还要接着搞语词处理机啊！"他极力声辩。遗憾的是，这个合理的要求并没有被理解，

和许多埋头搞科研的人一样，林才松不谙人情世故，和同事们的关系原本处得不够好，加上几件事处理不当，一时飞短流长，搞得所里满城风雨。

林才松愤懑不已，和所里硬顶，态度生硬得连好人也难以包涵。结果，推广没有搞

成，一向器重他的邓所长，也被弄得满腹狐疑。所里的"白天鹅"，一时变成了"灰小鸭"。

几个月过去了，研究毫无进展。

行百里者半九十啊……

谈话，不知不觉过去了好几个小时，路灯亮了。方世增同情地望着面前这个清瘦的年轻人，问："我能帮助你吗？你需要什么条件？"

林才松沉默许久，轻轻地吐出几个字："给我一个安静的环境……"

为了国家的利益

"啪啪、啪啪啪……"夜深了，北京南小街五十一号中国文字改革委员会大楼里，阒寂无声。在大楼四层上一间鲜为人知的房间里，仍然响着一阵阵急促而有节奏的击键声。灯光，映着一个青年苍白的脸和飞速弹动着的十指。林才松正紧张地为电脑编制新的程序。时间，是一九八三年十一月初。

他，怎么会到了这里？

那天晚上，方世增和林才松谈完话回到家里，翻来覆去怎么也无法入睡。"一个安静的环境？！我们的科技工作者的要求实在太可怜了！难道连这都做不到吗？"他心里感到一阵说不出的难过。

这位一九六四年北师大中文系的毕业生，自学了电子计算机的基础知识。今年四月，就是他把林才松接到文改会作了表演。从那以后，他就一直关注着小林的进展。他深深知道，这台语词处理机一旦成功，不仅将对我国微处理机的广泛应用起到极大的推进作用，而且对汉语拼音和普通话的推广也有极其重要的意义。

"绝不能让这项研究半途而止，一定得给小林创造条件！"方世增再也躺不住了，他拧亮台灯，铺开纸笔，向文改会领导写报告。他建议：把林才松留下来！

文改会的几位领导仔细了解了林才松的进展程度，又和国外汉语拼音输入中文的研究情况作了比较，他们看到，再晚一步，这项意义深远的发明就要被国外抢先，届时中国将不可避免地成为外国产品的市场。

"把它留下来，有什么事我们担着!"几位领导毅然拍板。为了确保不受干扰，林才松被秘密安置到四层楼上的一间小屋里，整幢大楼里只有四个人知道。

广州方面不知个中底细，大为光火：文改会和我们即非"条条"又非"块块"，凭什么未经任何协商就把我们的人给扣住了？!

一时间，电报、信函、来人，催令林才松立即返回。不回？停发奖金，停发工资；还不回？好，林才松，你是党员，立刻回所参加整党! 这真是一场棘手的官司。

文改会的领导坚定而冷静，他们反复向对方说明情况，阐明意义。一封封公函，盖着中国文字改革委员会的大印，发往广州。印章中央，是庄严的国徽——这关系着国家的利益，不能动摇啊！

林才松暂时断了生活来源，文改会以"加班费"名义发给他生活费；机器不够用，文改会拿出五万元巨款买回电脑供他使用；为了照顾好他的生活，又千方百计把他爱人从广州借调到北京。方世增更是古道热肠，从家里拿来肉、蛋；抱来大衣、棉被……为了最后的胜利，这些，都值得！

关键性的进攻开始了！

周有光教授运筹帷幄，指挥若定。大至程序思想，小到键盘分列，巨细备至。三天一封信，一天一封信，厚厚的一大摞！老人又从不要求回信，表现出甘为晚生后辈当人梯的高尚品德。

林才松更是义无反顾。在国家利益面前，个人的恩怨早已烟消云散。他长时间地沉浸在那种创造力被高度激发的工作状态中，思想更加明晰，反应更加敏快。贮存已久的信息，酝酿已久的方案，在脑中迸击出一朵朵灵感的火花，绚丽多彩；倏然间又化做了一条条严整的指令，井然有序。

几十天的时间里，林才松完成了几十倍于常人的工作量，编出了上万条指令，又源源不断地输入电脑。

高烧三十九度多，键盘在响；一天没有吃饭，键盘还在响。妻子把饭端进去，凉了；热热再端进去，又凉了；往返几次，终于忍不住轻轻说了声："吃点东西吧！"林才松便大发雷霆。妻子含着眼泪默默地退出去。她理解自己的丈夫，灵感，是神圣的。

语词处理机的功能在不断完善：汉字库定音、定序软件完成；一键选定最常用字软件完成；汉字自动转变汉语拼音的软件也完成了……但是，研制者并不满意，总感到还有某个潜在的宝藏没有被他们发现。

这天晚上，时钟已指向午夜。方世增还

在和林才松探讨问题。忽有所动，他问林才松："小林，你想过没有，很多人普通话说不准怎么办？打错键又未察觉怎么办？现在，不打汉语的四声调号，已能正确显示汉字，这说明电脑已经初步具有了一种模糊识别能力。为什么不能推广开来，使它具有全面的模糊识别功能呢？"

林才松大受启发，对呀！如果真能实现，语词处理机将有一个质的飞跃！他高兴地拍着方世增的肩膀："老方，你等着，半个小时！"

他果然如期而至。把改编后的软盘插入电脑，两个人神经紧张地盯着荧光屏……先打入电脑一个完整的句子，再选择一个词将声母打错，啊，正确显示全句！打错韵母，正确显示；打错整个音节，正确显示；不打或只打一个乃至数个词的个别字母，那暗绿色荧光屏仍然顽强地显示出正确的语句！电脑，成功地被赋予了在语句里自行选择正确词汇的奇妙功能。这是一个出人意料的重大突破，宝藏终于被发掘出来了！

瞬间，两个人都被一种强烈的激动所震撼。林才松猛地想起了教授，他真想高声大叫：周老，成功啦！你听见了吗？你二十多年的梦实现了！

成果逐级上报，引起了广泛的重视。胡乔木同志把林才松请到家里，仔细观看了表演，给予了很高的评价。以后，他又数次询问新的进展，关照新闻界要适时大力宣传。

中国科学院院长卢嘉锡看了，社会科学院院长马洪看了，认为该成果在科技战线应用前景广阔；王力、吕叔湘、张志公等著名语言文字学家看了，认为教育现代化有了希望……

领导同志关切地问有什么困难，噢，需要广州方面支持？好，这个事我们能办。

一个又一个电话，挂到广州任仲夷同志办公室，梁灵光省长办公室，科学院广东分院院长办公室。广东省大力支持，广州电子技术研究所更感责无旁贷……

邓乃炯所长和徐秉铮教授即刻动身，千里迢迢奔赴北京亲自指导。文改会里，一派繁忙。《汉语拼音词汇》的五万多词条需要全部输入，汉字处的同志不辞辛苦，根据多年的研究成果，一个个按出现频度挑选排列；打字室的年轻姑娘们，也全部动员起来击打输入词汇……

凝聚着青年科技工作者的心血，凝聚着老一代科学家的睿智，凝聚着从中央领导同志到普通打字员的关怀和辛劳，中文语词处理机诞生了！

祖国，在走向未来的道路上，迈出了重要一步。

（原载《中国青年报》1984 年 8 月 2 日）

最可宝贵的是创造精神

本报评论员

一位科学家曾经这样对青年们说：在人们走惯了的路上，人群熙熙攘攘，要想有所成就是很难的；希望在科学上有建树的青年，要敢于独辟蹊径！

林才松的成功，就是独辟蹊径的结果。他在汉语拼音语词处理机研制方面的成功，不仅使中文信息处理上的"瓶颈问题"有了根本的突破，而且又一次证明：敢于独辟蹊径的创造性思维，对我们的事业具有何等重要的意义。

我们古老的民族，有着丰富的思想文化财富。然而千百年来，我们的祖先也留给我们一个沉重的包袱，这就是因袭。因袭的闸门闸死过无数优秀人才的创造性。什么东西都是祖宗的好，稍有创新便被认为是异端邪说。这种观念曾使无数有志改革的志士仁人饮恨终身，使我们整个民族长期难以跨出较大的步伐，以至于"人为刀俎，我为鱼肉"。

今天，在中国的大地上澎湃着一股改革的洪流。时代给我们这个民族提出了一个任务——必须具有创造性，而且必须使创造性成为我们民族的素质。具有创造性素质的民族才是真正强大的民族。物质财富是可宝贵的，但是"坐吃"终会有"山空"的一天。创造性才是取之不尽、用之不竭的财富。

独辟蹊径，开创前人未曾踏勘过的新路，就是创造性的表现。多少人聚在一条道上苦思冥想，但总是"山重水复疑无路"，这些人中间又何尝没有佼佼者。林才松没有拥到这条路上来，他走的是一条绝少有人问津的路。于是，他达到了"柳暗花明"的新境地。他的成功所揭示给人们的哲理，不仅在科学技术上有意义，在其他领域里，在任何改革的事业中，不同样具有普遍的意义吗？

八十年代的青年人，应该是比前辈更具有创新精神的一代人。我们没有"子曰""诗云"的束缚，没有裹过脚的痛苦，我们可以从父辈手里接过革命者的开拓精神和思维方式。任何真理，包括马克思主义在内，都没有使真理终结，而是开辟了认识真理的道路。这就需要我们一代又一代人去创新。今天，党中央已经为青年肩起了因袭的闸门，展示在我们面前的是一个广阔的、可以纵横驰骋的天地。大胆地去创新吧，青年朋友们！

（原载《中国青年报》1984 年 8 月 2 日）

后　记

　　退休前 2 年，我被抽调到海口市南渡江流域土地整治重大工程领导小组，任专职副组长。我忙里偷闲，写了《嘉积市丁》一书，记述自己青少年时期的经历和嘉积的风土人情，留作乡愁念想。没想到书出版后，人们争相传阅，产生了很好的影响。2014 年 1 月 18 日，在海口市区的琼海老乡聚会上，电子屏显示"《嘉积市丁》地道的琼海乡土文化"，为我的书做宣传。当时，我的 200 本书抢阅一空。广州音乐学院教授黄英森（山叶村人）发信息鼓励我："多给家乡留点笔墨。"英森哥的寄语提示我：钱财身外物，笔墨留青史，要为后人留下文化财富。

　　我退休 10 年，为家乡写了 10 本书。为家乡嘉积，写了《嘉积市丁》《嘉积乡愁》《嘉积人物》《嘉积市丁（下册）》。为家乡琼海，写了《陈武英革命生涯》《琼海人的南海故事》《王大鹏烈士史料研究》《琼崖乐四苏区史料研究》。为家乡海南，写了《岛外奋战的琼崖英雄》《符向一烈士史料研究》。特别是，我用海南方言研究中央档案馆馆藏史料《黄安县委关于黄麻暴动经过情形给中央的报告》（10000多字），并认定该报告是黄麻特委书记符向一（海南人）所写，这得到了湖北省档案馆的确认，也算是我为海南党史研究尽微薄之力。

而嘉积人印象深刻的还是《嘉积市丁》这本书。在许多场合，同学、朋友介绍我时，往往加上一句"《嘉积市丁》作者"。市丁的故事在留传，成为嘉积人茶余饭后的话题。王海安建议我继续写《嘉积市丁》这样的乡土历史文化书。2023年开始，在嘉积的同学每月举办2次茶会，这让大家更是念念不忘市丁年代。因我住在海口，缺席茶会，为聊表心情，抄录《嘉积市丁》"自序"给林德芹同学，他随后将该序转发同学群，引起了热议。同学们对过去的回忆，激发了我写作的欲望，于是我开始构思写《嘉积市丁（下册）》。

在写作选题方面，《嘉积市丁（下册）》以嘉积的人文历史为主。其写作思路是：回忆历史人文风貌，传承当年奋发精神，抒发今日怀旧情怀，把握今后美好未来。也就是说，回首我们走过的人生历程并用文字记录下来，是一件很有意义的事。这可以让大家回味过往、分享故事、欢度晚年，让后人从中增长知识、受到启迪、奋发有为。

俗话说：人生七十古来稀。我已到古稀之年，好在得到母亲的遗传基因，记性不错。回忆起的事情应该安排在哪个章节，脑子里条理清楚。撰写之时，往事历历在目。我边忆边写，欲罢不能，一口气写了 2 个月，完成了初稿。随后，我回嘉积走访并核实材料，修改数月，几易此稿，终于成书。

本书从刻苦读书、参军卫国、上山下乡、就业情况、个体经营 5 个方面，记录那个时代的嘉积人文历史。

读书走出人生路。此章重点介绍元亨街的伍时桂于 20 世纪 50 年代考上北京大学，后来成长为生物流体力学科学家的故事；还有环市街的林才松，1977 届华南工学院学生，1984 年成功研制我国汉语拼音语词处理机的故事。意在让广大学子以他们为榜样，好好读书，学有所成。

热血青春洒军营。此章记录嘉积青年为保卫祖国，应征入伍的情况。主要介绍新民街刘永杰两兄弟当志愿兵，五德街王德义四兄弟光荣入伍，以及何子昌、李诗永、王德波烈士的故事。意在让读者接受爱国主义教育，懂得保卫祖国的使命担当。

上山下乡先锋队。此章讲述 1964 年嘉积青年带头响应党中央上山下乡的号召，到石壁南牛山创建雨松农场的故事。简述各知青的经历，重点介绍从知青走出来的党的十八大代表李丽花的事迹。意在让人们读懂上山下乡历史，帮助人们树立正确的世界观和人生观。

各行各业写人生。记述嘉积人在各行各业的就业情况；并对 20 世纪 70 年代，高十连和积庆街的就业作统计分析。重点介绍县农具厂厂长伍尚栋自学成才和琼海县（市）建筑公司副经理符天祥勇挑重担的故事。让大家了解嘉积社会主义建设历史，坚定走新时代中国特色社会主义道路。

个体经营显身手。通过我母亲等嘉积人的谋生道路，记述当年个体经营的发展历史。重点介绍改革开放后，环市街的林才立、嘉祥街的全会安、五德街的梁爱华艰苦创业的故事。让人们从故事中悟解个体经营智慧，坚持改革开放不动摇。

本书还附了我收藏了40年的《中国青年报》文章《于无路处辟通途》，供读者了解当年林才松研制我国汉语拼音语词处理机的艰难过程。该文充分肯定了他对我国科技事业的重大贡献。文章虽然很长，但写得很好，是本书的镇书之宝，值得一读。

本书主要记录海南解放后至改革开放时期嘉积人的历史，只作记述，没有吹嘘，不是攀比。不管你是名人还是草根，在历史上都是匆匆过客。凡人凡事，皆可录之。故把与嘉积历史相关的63个姓、479人名字收录于书中，按人名索引编成《嘉积百姓名录》，作为附录，以便查阅。当读者在名录中看到自己的名字，就会感到"历史中有我"

的自豪，产生阅读内文的欲望，勾起对往事的回忆，静下心来重新审视过去。虽然过去有许多苦难，但这种苦难已在远处，回忆起来不感到痛苦，反而觉得美好。人生苦短，我们已走过来了，回味感动和真情，享受快乐人生，才是回忆过去的意义所在。

为确保本书内容的真实准确，在写作过程中，我经常打电话、发信息，请乡亲和同学们帮忙核实材料。大家热心地帮助我，有问必答，件件有着落，事事有回复。伍尚栋提供大学生和各厂厂长、经理名单，卢东平提供嘉积雨松农场人员名单，刘良新提供琼海县良种场知青名单，宋统梅提供其在八所港务局的工作情况。何书典为了核实周始芊（迁、辛）姓名及参军的事，给我发了十几条信息，方予确定。屈燕平发动同学，多处查询，才确认了嘉积镇少年田径队合影中那位不知名的队友是嘉积中学 20 连的卢业珍同学（现住广州）。特别是伍尚栋、符天祥、梁爱华放下手头的事情，多次接受我的采访，实事求是地提供史料，认真负责地修改书稿。还有刘金胜、庞道雅、杨雅国、王宏兴陪同我走访了王德波烈士的哥哥王德义、李诗永烈士的弟弟李诗海同学、何子昌烈士的弟弟何子林同学，以及乡亲全会安、梁爱华、余居龙、余厚昌、伍尚栋、卢东平、符天祥等。我还与知情人刘晓沐、庞道金、陈春养、蔡雄、余梅妹、吴林琼、陈辉昌、张新民、何书典、冯琼珍、屈燕平等人通电话，核实资料。可以说，本书虽是一人执笔，却是众人参与。

谨此，对上述当事人或其亲属及知情人等乡亲的支持，表示真诚的谢意！对宋统梅、陈祝宁、林德芹、刘金胜、庞道雅、杨雅国、刘良新、符云开、陈爱兰、梁其兰、吴秋杏、陈丽雅、林德妹、王子红、王雄耀、陈光琼等同学的帮助，表示衷心的感谢！同时，感谢至亲好友王宏兴、王海安、王琼、王正春、王粤、王春蓉、许宏鸾、韩文畴、程守学、冯振山的鼎力相助。

本书由乡亲们支持出版，在此，千言万语一句话：谢谢乡亲们！

岁月无情，我们这代人已经老去，退休的退休，故去的故去，已经渐渐地在人们的生活中隐去，但我们作为那个时代的亲历者，不应被历史忘记。我自愿自费写《嘉积市丁（下册）》这本书，不过是想做一件善事，为家乡留点笔墨，把历史留住。因为那段历史，是我们的青春记忆，是一代人的共同记忆。记录那一段历史，这是我作为那代人的责任。

我根据自己的回忆和各种收集而来的资料，完成了这本书的写作。回忆普普通通，没有高潮，只有我们那代人共同的历程和感受。由于时隔几十年，个人记忆有局限性，虽众人出手相助，错漏亦在所难免，敬请相关人士和读者见谅。本书忠实于历史真相，尽量保持生活原型，真实地记录了那个时代嘉积人的青春、奋斗历程和命运，记述了嘉积老百姓的历史。本书史料丰富、通俗易懂，是不可多得的嘉积历史文化资料，是琼海市地方史志的补充，值得人们阅读与收藏。

事了拂衣去，深藏身与名。我把书留下，喝茶去了！

王林兴

2024 年 1 月 7 日

于嘉积老屋花梨树下

作者简介

王林兴，男，嘉积镇积庆街人。海口市退休干部，中共党员。1954 年 1 月出生。1971年嘉积中学高中毕业，上山下乡到琼海县白石岭林场。毕业于广州林校、华南师范大学政治教育系（函授）、北京大学政治与行政管理研究生班（函授）。先后在广东省林业勘测大队、广东省林业厅、中共海南省委组织部研究室工作。1990 年，任中共定安县委常委、纪委书记。1993 年后，任海口市乡镇企业管理局副局长，海口市农林水利局副局长，海口市人大常委、农村工委主任、法制委员会委员。著作有：《笔耕之路》《海口乡镇企业发展研究》《'98 经济大视点》《在职读北大》《读书笔记》《嘉积市丁》《嘉积乡愁》《嘉积人物》《陈武英革命生涯》《琼海人的南海故事》《王大鹏烈士史料研究》《岛外奋战的琼崖英雄》《琼崖乐四苏区史料研究》《符向一烈士史料研究》。